周作人著作

過去的工作

锺叔河——编订

岳麓書社·长沙

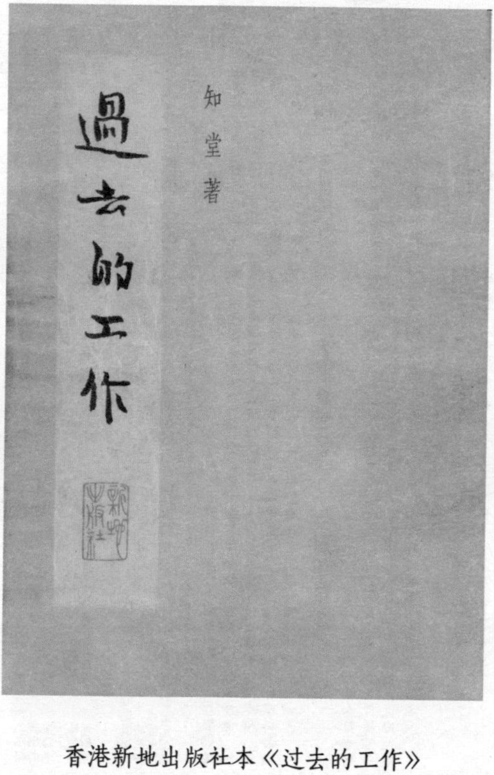

香港新地出版社本《过去的工作》

编者的话

钟叔河

一九八七年一月三日《光明日报》上，岳麓书社刊出了我拟稿的一帧广告（左图），宣布了书社和我对重印周作人著作的观点：

“人归人，文归文。周作人其人的是非功过是另一问题，其书的主要内容是对传统文化和国民性进行反思，对中国—西方和中国—日本的文化历史进行比较研究，今之读者却不可不读。……”

随即便开始出书。既出周作人著作的单行本，也出精装合订本。两年之间，出了二十四种。

书当然不是想出便能出的，得按规矩，走程序。周家授权了，报告批复了，宋木文、杨牧之、伍杰各位领导都当面或来信表示应允和支持了，便能够出了。

出就得出好。当时强调了两条：（一）因为均系据旧本重印，所以一定要认真校订，尽力改正旧本误植失校的错误；（二）因为手稿不存，无法对勘，所以一定要详出校记，改动处一概保留原文，承担责任。

这两条，读者看来大都是认可的。直到如今，在旧书网上，八十年代“岳麓版”的周作人著作，始终都卖得不错。

现在，岳麓书社决定又来出版周作人著作，仍然要我负责编订，做法则一仍其旧。主要还是这些书，还是这两条，新的广告也就不必再做了。

鄢琨君三十年前和我同编了这些书，此次仍然合作，蒋浩君也参加了进来。校记原列表在书末，如今改作尾注。二君新增校改之处，分别标出“鄢校”“蒋校”，特此说明，并志感谢。

二〇一八年五月十五日于长沙。

出版题记

《过去的工作》，一九五九年十一月香港新地出版社初版（另有澳门大地出版社版），今据以校订重印。

本书收文一十五篇，无序跋，编成于一九五三年冬。《周作人先生遗墨——自编书目》其中有一篇跋语云，所收文“均系乙酉（一九四五）年所写，当时预备结集，以一篇《过去的工作》的题目为名，那篇文章即作为跋语”。

但这并未成事实。一九五七年五月，曹聚仁以海外来宾身份访问北京，与作者相见，才将书稿“带至香港，在杂志上发表若干篇，后来集印为一册”，即是此集。

这些“乙酉年所写”，也就是接着《立春以前》诸篇所写，只是没来得及出版的文章，如《关于竹枝词》《谈胡俗》之述评土风民俗，《关于红姑娘》《石板路》之释名状物抒情，《〈读书疑〉》《焦里堂的笔记》从古书见思想，介绍钱玄同陈独秀等人书信之托怀旧以明志，《凡人的信仰》《两个鬼的文章》之直陈自己的历史观人生观，皆是有分量的“大品文”。

“新地版”卷前有照相和手迹，作插图八面四页。今未复制。

二〇二〇年五月三十日，锺叔河。

目录

关于竹枝词

七八年前曾经为友人题所编《燕都风土丛书》，写过一篇小文，上半云：

不佞从小喜杂览。所喜读的品类本杂，而地志小书为其重要的一类，古迹名胜固复不恶，若所最爱者乃是风俗物产这一方面也。中国地大物博，书籍浩如烟海，如欲贪多实实力有不及，故其间亦只能以曾游或所知者为限，其他则偶尔涉及而已。不佞生于会稽，曾寓居杭州南京，今住北平，已有二十馀年，则最久矣。在杭州时才十三四岁，得读《砚云甲编》中之《陶庵梦忆》，心甚喜之，为后来搜集乡人著作之始基，惜以乏力至今所收不能多耳。尔后见啸园刊本《清嘉录》，记吴事而可通于两浙，先后搜得其异本四种，《藤阴杂记》《天咫偶闻》及《燕京岁时记》，皆言北京事者，常在案头，若《帝京景物略》则文章尤佳妙，唯恨南京一略终不可得见，辜负余六年浪迹白门，无物作纪念也。

去年冬天写《十堂笔谈》，其九是谈风土志的，其中有云：

中国旧书史部地理类中有杂记一门，性质很是特别，本是史的资料，却很多文艺的兴味，虽是小品居多，一直为文人所爱读，流传比较的广。这一类书里所记的大都是一地方的古迹传说，物产风俗，其说既多新奇可喜，假如文章写得好一点，自然更引人入胜，而且因为说的是一地方的事，内容固易于有统一，更令读者感觉对于乡土之爱，这是读大部分的地理书时所没有的。这些地理杂记，我觉得他好，就是材料好，意思好，或是文章好的，大约有这几类：其一是记一地方的风物的，单就古代来说，晋之《南方草木状》，唐之《北户录》与《岭表录异》，向来为艺林所珍重。中国博物之学不发达，农医二家门户各别，士人知道一点自然物差不多只靠这些，此外还有《诗经》《楚辞》的名物笺注而已。其二是关于前代的，因为在变乱之后，举目有河山之异，著者大都是逸民遗老，追怀昔年风景，自不禁感慨系之，其文章既含有感情分子，追逐过去的梦影，鄙事俚语不忍舍弃，其人又率有豪气，大胆的抒写，所以读者自然为之感动倾倒。宋之《梦华》《梦粱》二录，明之《如梦录》与《梦忆》，都是此例。其三是讲本地的，这本来可以同第一类并算，不过有这一点差别，前者所记多系异地，后者则对于故乡或是第二故乡的留恋，重在怀旧而非知新。我们在北京的人便就北京来说吧，燕云十六州的往事，若能存有纪录，未始不是有意思的事，可惜没有什么留遗，所以我们的话只好从明朝说起。明末的《帝京景物略》是我所喜欢的一部书，即使后来有《日下旧闻》等，博雅精密可以超过，却总是参考的类书，没有《景物略》的那种文艺价值。清末的书有《天咫偶闻》与《燕京岁时记》，也都是好的，民国以后出版的有枝巢子的《旧京琐记》，我也觉得很好，只可惜写得太少罢了。

上边两节虽然是偶尔写成，可是把我对于地志杂记或风土志的爱好之意说的颇为明白，不过以前所说以散文为主，现在拿来应用于韵文方面，反正道理也是一样。韵文的风土志一类的东西，这是些什么呢？《两都》《二京》，以至《会稽三赋》，也都是的，但我所说的不是这种大著，实在只是所谓竹枝词之类而已。说起竹枝的历史，大家都追踪到刘禹锡那里去，其实这当然古已有之，关于人的汉有刘子政的《列女传赞》，关于物的晋有郭景纯的《山海经图赞》，不过以七言绝句的体裁，而名为竹枝者，以刘禹锡作为最早，这也是事实。案[①]《刘梦得文集》卷九，竹枝词九首又二首，收在乐府类内，观小引所言，盖本是拟作俗歌，取其含思婉转，有淇[②]濮之艳，大概可以说是子夜歌之近体诗化吧。由此可知七言四句，歌咏风俗人情，稍涉俳调者，乃是竹枝正宗，但是后来引申，咏史事，咏名胜，咏方物，这样便又与古时的图赞相接连，而且篇章加多，往往凑成百篇的整数，虽然风趣较前稍差，可是种类繁富，在地志与诗集中间也自占有一部分地位了。这种书最初多称百咏，现存最早的著作要算是《郴江百咏》，著者阮阅，即是编《诗话总龟》的人，此书作于宋宣和中，已在今八百年前矣。元明之间所作亦不甚少，唯清初朱竹垞的《鸳鸯湖棹歌》出，乃更有名，竹枝词之盛行于世，实始于此。竹垞作《棹歌》在康熙甲寅，谭舟石和

【锺校】

①“案”原作“宋”。

【蒋校】

②“淇”原作“湛”。

之，至乾隆甲午，陆和仲张芑堂又各和作百首，蔚成巨册，前后相去正一百年，可谓盛事。此后作者甚多，纪晓岚的《乌鲁木齐杂诗》与蔡铁耕的《吴歈百绝》，可以算是特别有意味之作。百咏之类当初大抵只是简单的诗集，偶尔有点小注或解题，后来注渐增多，不但说明本事，为读诗所必需，而且差不多成为当然必具的一部分，写得好的时候往往如读风土小记，或者比原诗还要觉得有趣味。厉惕斋著《真州竹枝词》四百首，前有小引一卷，叙述一年间风俗行事，有一万二千馀言，又黄公度著《日本杂事诗》，王锡祺抄录其注为《日本杂事》一卷，刊入《小方壶斋丛抄》中，即是一例。这一类的诗集，名称或为百咏，或为杂咏，体裁多是七言绝句，亦或有用五言绝句，或五言七言律诗者，其性质则专咏古迹名胜，风俗方物，或年中行事，亦或有歌咏岁时之一段落如新年，社会之一方面如市肆或乐户情事者，但总而言之可合称之为风土诗，其以诗为乘，以史地民俗的资料为载，则固无不同。鄙人不敢自信懂得诗，虽然如竹垞《棹歌》第十九首云：

姑恶飞鸣触晓烟，红蚕四月已三眠，
白花满把蒸成露，紫椹盈筐不取钱。

这样的诗我也喜欢，但是我所更喜欢的乃是诗中所载的“土风”，这个意见在上文已经说过，现在应用于竹枝词上也还是一样的。我在《十堂笔谈》中又说：

> 我的本意实在是想引诱读者，进到民俗研究方面去，使这冷僻的小路上稍为增加几个行人，专门弄史地的人不必说，我们无须去劝驾，假如另外有人对于中国人的过去与将来颇为关心，便想请他们把史学的兴趣放到低的广的方面来，从读杂记的时候起离开了廊庙朝廷，多注意田野坊巷的事，渐与田夫野老相接触，从事于国民生活史之研究，此虽是寂寞的学问，却于中国有重大的意义。

散文的地理杂记太多了，暂且从缓，今先从韵文部分下手，将竹枝词等分类编订成册，所记是风土，而又是诗，或者以此二重原因，可以多得读者，但此亦未可必，姑以是为编者之一向情愿的希望可也。

（一九四五年七月二十日，北京）

谈胡俗

萧伯玉《春浮园偶录》，在崇祯三年庚午七月二十二日条下有一则云：

> 读范石湖《吴船》《骖鸾》诸录，虽不能如放翁《入蜀记》之妙，然真率之意犹存，故自可读。惟近来诸游纪正苏公所谓杜默之歌，如山东学究饮村酒、食瘴死牛肉，醉饱后所发也。

《入蜀记》多记杂事，有《老学庵笔记》的风格，故读之多兴趣，如卷四纪过黄州时事，八月二十一日条下云：

> 过双柳夹。回望江上远山重复深秀，自离黄虽行夹中，亦皆旷远。地形渐高，多种菽粟荞麦之属。晚泊杨罗洑。大堤高柳，居民稠众，鱼贱如土，百钱可饱二十口，又皆巨鱼，欲觅小鱼饲猫不可得。

又卷一之金山寺榜示，赛祭猪头例归本庙。卷五之王百一以一招头得丧，遂发狂赴水几死。

诸事皆有意思，更多为人所知。石湖纪行诸录自较谨严，故风趣或亦较少，唯在三录中我读《揽辔录》却更有所感，这是乾道六年八月使金的记事。元本二卷，今只存寥寥数页，盖是节本，不及楼攻媿的《北行日录》之详，但因此得见那时北地的情形，是很有意义的。八月丁卯即二十日至旧东京，记其情状云：

> 新城内大抵皆墟，至有犁为田处，旧城内粗布肆，皆苟活而已。四望时见楼阁峥嵘，皆旧宫观寺宇，无不颓毁。民亦久习胡俗，态度嗜好与之俱化。最甚者衣装之类，其制尽为胡矣，自过淮已北皆然，而京师尤甚。唯妇人之服不甚改，而戴冠者绝少。

案《北行日录》卷上记乾道五年十二月九日入东京城，十日条下有云：

> 承应人各与少香茶红果子，或跪或喏，跪者胡礼，喏者犹是中原礼数，语音亦有微带燕音者，尤使人伤叹。

自二帝北狩至乾道初才四十年，中原陷没入金，民间服色行动渐染胡风，观二书所言可知其概。唯民情则仍未变。《北行日录》记十二月八日至雍丘即杞县，有云：

驾车人自言姓赵，云向来不许人看南使，近年方得纵观。我乡里人善，见南家有人被掳过来，都为藏了，有被军子搜得，必致破家，然所甘心也。

又《老学庵笔记》云：

故都李和炒栗名闻四方，他人百计效之终不可及。绍兴中陈福公及钱上阁恺出使虏庭，至燕山，忽有两人持炒栗各十裹来献，三节人亦人得一裹，自赞曰：李和儿也。挥涕而去。

习俗转移，民间故亦难免，但别方面复自有其不变者在，此在放翁、石湖、攻媿诸君亦当察知，而深以引为慰者也。

两年前的秋天我写过一篇文章，题曰《汉文学的前途》，后边附记里，有这样的一节话：

中国民族被称为一盘散沙，自他均无异辞，但民族间自有维系存在，反不似欧人之易于分裂。此在平日视之或亦甚寻常，唯乱后思之，正大可珍重。我们翻史书，见永乐定都北京，安之若故乡，数百年燕云旧俗了不为梗。又看报章杂志之记事照相，东至宁古塔，西至乌鲁木齐，市街住宅种种色相，不但基本如一，即琐末事项有出于迷信[①]敝俗者，亦多具有，常令览者不禁苦笑。反复一想，此是何物在时间空间有如是维系之力？思想文字语言礼俗，如是而已。

当时我是这样想，中国幸亏有汉字这种通用文字，又有以汉字能写下来的这种国语，得以彼此达意，而彼此又大抵具有以儒家为主的现实思想，所以能够互相维系着，假如用了一种表音的文字，那么言语逐渐隔绝，恐怕分裂也就不可免了吧。这个意见现在还是如此，虽然在欧洲民族里，也尽有言语宗教以至种族相同的，却仍然与同族分离，倒去和别民族合组国家，有如比利时等。可见这例在西洋也不能普遍应用。但在中国，这总是联系的一部分原因，又一部分则或者是民众的特殊性格，即是所谓一盘散沙性吧。这句话想不出更好的说法，说来似乎很有语病或是矛盾，实在却是真的，因为中国人缺少固执的粘性，所以不分裂与不团结是利弊并存的。有权力的或想割据，讲学问的也要立门户，一个个小团结便形成一块块的小分裂，民众并无此兴趣，但也无力反抗，只得等他们日久坍台，那时还是整个的民众。这正如一个沙堆，有人拿木板来隔作几段并不大难，可是板

【锺校】

①“信”原作“言”。

一拿开了，沙还混作一堆。不像粘土那么难分开，分开之后将板拿去也还留下一道裂痕。或者说是沙还不如用水来比喻，水固然也可以被堤所隔绝，但防川不易正如古人所说，水总要流动，要朝宗于海是他无目的之目的，中国人民的目的也正是如此，倾向着整个的中国动着。德国性学大家希耳息菲耳特在东方讲学旅行记《男人与女人》里，拿中国与印度比较，说中国的统一和复兴要容易很多，因为他没有印度那样的社会阶级与宗教派别的对立。这话很增加我们的勇气，同时也是对于中国的一句警告，关于治病的宜忌指示得很明白。

上边这趟野马跑得有点远了，现在还是回过头来谈范石湖他们所说的胡俗吧。当时他们从临安走来，看见过淮已北衣装异制，或语音微改，不禁伤叹，正是当然的。但是我们来切实的一查考，这些习俗的留遗似乎也很是有限。诸人记行中所记是南宋初期的事，去今已远，又都在开封一带，我们不曾到过，无从说起。且以北京为例少加考察：燕云十六州，自辽迄元，历时四百四十年，沦陷最久，至满清又历二百七十年，建为首都，其受影响应当很深了。但自民国成立，辫发与翎顶同时消除，普通衣服虽本出胡制，而承袭利用，亦如古来沿用之着靴着裤，垂脚而坐，便而安之，不复计较其原始矣。清末革命运动勃兴，其目标殆全在政治，注意礼俗方面者绝少，唯章太炎先生或可以说是唯一的人。太炎先生于民国二年秋入北京，便为袁世凯所羁留，前后幽居龙泉寺及钱粮胡同者四年，其间曾作《噀伧文》，对于北方习俗深致笑骂，可以考见其意见之一斑。此文似未曾发表，亦本是游戏之作，收在《文录》卷二中。寒斋所有一本，乃是饼斋手录见贻者。前有小序曰：

> 民国二年，北军南戍金陵，间携家累，水土相失，多成疾疫，弥年以来，夭殙相继。昔览《洛阳伽蓝记》，载梁陈庆之北聘染疾，杨元慎水噀其面而为之辞，今广其义而噀之。

案杨元慎原文见《洛阳伽蓝记》卷二，严铁桥编《全后魏文》中未收，嘲弄吴儿，语虽刻薄，却亦名隽，可谓排调文之杰作。太炎先生被幽于北京，对于袁氏及北洋政府深致憎恶，故为此文以寄意，而语多诙谐，至为难得。如云：

> 大缠辫发，宽制衣裳。呷啜卵蒜，唼嘣羊肠。手把雀笼，鼻嗅烟黄。

又云：

> 眙[①]目侈口，瓮项大瘤。毡袍高屦，胡坐辕辀。梆子起舞，二簧发讴。

关于妇女有云：

> 高髻尺馀，方胜峨然。燕支拥面，权辅相连。身擐两当，大屐如船。长襦拂地，烟管指天。

这里所说乃是旗装妇女的形状，现在全已不见，只有旗袍通行于南北，旗女的花盆底则悉化为软底鞋矣。民初尚存大辫，至张勋败亡后，此种胡俗亦已消灭，只吃灌肠一事或者还可以算得，其他不过是北方习俗，不必出于胡人也。我们翻阅敦崇所著《燕京岁时记》，年中行事有打鬼出自喇嘛教，点心有萨齐玛是满洲制法。此外也还多是古俗留遗，不大有什么特殊的地方。由此可知就是在北京地方，真的胡俗并没有什么，虽然有些与别处不同的生活习惯，只是风土之偶异而已。明永乐是个恶人，尝斥名之曰朱棣，但他不怕胡俗之熏染，定北京为首都。在百无可取之中，此种眼光与胆力实亦不能不令人佩服，彼盖亦知道中国民情之可信托耶。

【锺校】

①“眙”原作“贻”。

关于红姑娘

日前校阅《银茶匙》，看到前编二十四节讲庙会里玩具的地方，觉得很有意思。特别是红姑娘，这是一种野草的果实，生得很好玩，是儿童所喜爱的东西。据说在《尔雅》中已经说及，但是普通称为酸浆，最初见于《本草》，陶隐居曾说明过他的形状，《本草衍义》里寇宗奭却讲得更详细一点，今引用于下：

> 酸浆，今天下皆有之，苗如天茄子，开小白花，结青壳，熟则深红，壳中子大如樱，亦红色，樱中复有细子，如落苏之子，食之有青草气。

明周宪王《救荒本草》也说得好：

> 姑娘菜，俗名灯笼儿，又名挂金灯，《本草》名酸浆，一名醋浆，生荆楚川泽及人家田园中，今处处有之，草高一尺馀，苗似水茛而小，叶似

天茄儿叶窄小，又似人苋叶颇大而尖，开白花，结房如囊，似野西瓜，蒴形如撮口布袋，又类灯笼样，囊中有实如樱桃大，赤黄色，味酸。

鲍山《野菜博录》卷中所记大旨相同，唯云一名红灯笼儿。此外异名甚多，《本草纲目》卷十六李时珍说明之曰：

酸浆，以子之味名也。苦葴，苦耽，以苗之味名也。灯笼，皮弁，以角之形名也。王母，洛神珠，以子之形名也。

红姑娘之名盖亦由于果实之形与色，此在元代已有之。张心泰著《宦海浮沉录》中有《塞外鸟兽草木杂识》十一则，其第一则云：

《天禄识馀》引徐一夔《元故宫记》云：棕毛殿前有野果，名红姑娘，外垂绛囊，中含赤子如珠，酸甜可食，盈盈绕砌，与翠草同芳。今京师人家多种，红姑娘之名不改也。乔中丞《萝摩亭杂记》卷八：北方有草，其实名红姑娘，见明萧洵《故宫遗录》。今北方名豆姑娘者是也。崞县赵志：红姑娘一名王母珠，俗名红梁梁，囊作绛黄色，中空，有子如红珠，可医喉痛。《归绥志略》云：即《尔雅》所谓葴也。

吴其浚《植物名实图考》卷十一“酸浆”条案

语中引《元故宫记》，又云："燕赵彼姝，披其橐鄂，以簪于髻，渥丹的的，俨然与火齐木难比丽。"元迺贤诗："忽见一枝常十八，摘来插在帽檐前。"则以为常十八亦即是红姑娘，不知确否。富察敦崇著《燕京岁时记》作于清末，中有云：

每至十月，市肆之间则有赤包儿斗姑娘等物。赤包儿蔓生，形如甜瓜而小，至初冬乃红，柔软可玩。斗姑娘形如小茄，赤如珊瑚，圆润光滑，小儿女多爱之，故曰斗姑娘。

案赤包儿即栝楼，斗姑娘当初不明白是什么植物，看上文豆姑娘的名称，可见这就是酸浆，虽然其意义仍不可解，豆与斗二字不知那个是对的。（或当作逗？）综结各种说法看来，大概酸浆的用处除药料以外，其一是玩，其二是吃，现今斗姑娘这名称之外普通还称作豆腐粘。

但是在日本，儿童或者说妇孺爱酸浆的原因，第一还是在于玩，就是拿来吹着玩耍。据有些用汉文写的日本书籍来引用，如《本朝食鉴》卷四云：

酸浆，田园家圃皆种之，草不过二三尺，叶如药匙头而薄，四五月开小花，黄白色，紫心白蕊，状如中华之杯，无瓣但有五尖，结一铃壳，凡五棱，一枝一两颗，下悬如灯笼之状，夏青，至秋变赤，壳中一颗如金橘而深红，作珊瑚色。女儿爱玩，去瓤核吹之，嚼之而鸣，作草蛙之声。或盐渍藏封，为冬春之用，以为庖厨之供，或贮夏土用（案：土用者土王用事，在夏中即伏天也）之井水，渍连赤壳之酸浆子，至冬春而外壳如纱，露中间之红子，似白纱灯笼中之火，若过秋不换水则易败也。

又《和汉三才图会》卷九十四上云：

按酸浆五月开小花纯白，盖亦白色，蒂青，武州江户、丰后平家山、河州茨田郡多出之，宿根自生。小儿除去中白子为虚壳，含之于舌上，压吹则有声，复吹扩则似提灯。其外皮五棱，生青熟赤，似绛囊，文理如蜻蛉翅而不柔脆。盐渍可久贮。

这里特别注意细密，如说白纱灯笼中之火，又说文理如蜻蛉翅膀，都很有趣味；又一特色则说到儿童怎样吹酸浆子，盖平常一提到酸浆，第一联想便是如上文所说的鸣作草蛙之声，据说原语保保豆岐意思即是鼓颊，虽然这在言语学者或者还未承认。吹酸浆是中流以下妇女[①]的事情，小女孩却是别无界限，她们将壳

【锺校】

①此处原衍“子”字，已删。

剥开，挑选完全无疵的酸浆子，先用手指徐徐揉捏，待至全个柔软了，才把蒂摘去，用心将瓤核一点点的挤出，单剩外皮，这样就算成功了，放在嘴里使他充满空气，随后再咬下去，就会勾勾的作响。不过这也须要技术，不是随便咬就行的。小林一茶有一句俳句，大意云：（咬）酸浆的嘴相是阿姊的指教呀。这里如《草与艺术》的著者金井紫云所说，并无什么奇拔之处，也没有一茶那一路的讽刺与飘逸，可是实情实景，老实的写出。这样用的酸浆普通有两种，一稍大而色红，日本名丹波酸浆，即中国的红姑娘；一小而青，名千成酸浆，意云繁生，中国不知何名，姑称为小酸浆。此外有海酸浆，那就不是植物的果实了。辛亥年若月紫兰著有《东京年中行事》二卷，卷上有一节讲卖酸浆的文章，说及酸浆的种类云：

在店头摆着的酸浆种类很多，丹波酸浆不必说，海酸浆部门内有长刀、达磨、南京、倒生、吹火汉等等，因形状而定的种种名称。有一时曾经流行过很怪相的朝鲜酸浆，现在却全然不行了。近时盛行的有做成茄子、葫芦、鸽子这些形状的橡皮酸浆。所有这种酸浆，染成或红或紫各种颜色，排列在店头，走近前去就闻到一阵海酸浆的清新的海滩的香味，觉得说不出的愉快。闻了这气味，看了这店面，不论东京的太太们或是小姑娘，不问是四十岁的中年女人，都想跑上前去，说给我一个吧。

海酸浆从前说是鲎鱼的蛋，后来经人订正，云都是海螺类的蛋壳，拿来开一孔，除去内容，色本微黄，以梅酸浸染，悉成红色，有各种形相，随意定名，本系胶质，比植物性的自更耐久，惟缺少雅趣耳。橡皮酸浆更是没有意思，气味殊恶劣，不及海酸浆犹有海的气息，而且又出于人为，即使做得极精，亦总是化学胶质的玩具一类而已。

(一九四五年五月十五日，续《草木虫鱼》之一)

石板路

石板路在南边可以说是习见的物事，本来似乎不值得提起来说，但是住在北京久了，现在除了天安门前的一段以外，再也见不到石路，所以也觉似有点希罕。南边石板路虽然普通，可是在自己最为熟悉、也最有兴趣的，自然要算是故乡的，而且还是三十年前那时候的路，因为我离开家乡就已将三十年，在这中间石板恐怕都已变成了粗恶的马路了吧。案宝庆《会稽续志》卷一街衢云：

越为会府，衢道久不修治，遇雨泥淖几于没膝，往来病之。守汪纲亟命计置工石，所至缮砌，浚治其湮塞，整齐其嵚崎，除巷陌之秽污，复河渠之便利，道途堤岸，以至桥梁，靡不加葺，坦夷如砥，井里嘉叹。

乾隆《绍兴府志》卷七引康熙志云：

国朝以来衢路益修洁，自市门至委巷，粲然

皆石甃，故海内有天下绍兴街之谣。然而生齿日繁，阛阓充斥，居民日夕侵占，以广市廛，初联接飞檐，后竟至丈馀，为居货交易之所，一人作俑，左右效尤，街之存者仅容车马。每遇雨霁雪消，一线之径，阳焰不能射入，积至五六日犹泥泞，行者苦之。至冬残岁晏，乡民杂遝，到城贸易百物，肩摩趾蹑，一失足则腹背为人蹂躏。康熙六十年知府俞卿下令辟之，以石牌坊中柱为界，使行人足以往来。

查志载汪纲以宋嘉定十四年权知绍兴府，至清康熙六十年整整是五百年，那街道大概就一直整理得颇好，又过二百年直至清末还是差不多。我们习惯了也很觉得平常，原来却有天下绍兴街之谣，这是在现今方才知道。小时候听唱山歌，有一首云：

知了喳喳叫，
石板两头翘，
懒惰女客困旰觉。

知了即是蝉的俗名，盛夏蝉鸣，路上石板都热得像木板晒干，两头翘起。又有歌述女仆的生活，主人乃是大家，其门内是一块石板到底。由此可知在民间生活上这石板是如何普遍，随处出现。我们又想到七星岩的水石宕，通称东湖的绕门山，都是从前开采石材的遗迹，在绕门山左近还正在采凿着，整座的石山就要变成平地，这又是别一个证明。普通人家自大门内凡是走路一律都是石板，房内用砖铺地，或用大方砖名曰地平，贫家自然也多只是泥地，但凡路必用石，即使在小村里也有一条石板路，阔只二尺，仅够行走。至于城内的街无不是石，年久光滑不便于行，则凿去一层，雨后即着旧钉鞋行走其上亦不虞颠仆，更不必说穿草鞋的了。

街市之杂遝仍如旧志所说，但店家侵占并不多见，只是在大街两边，就店外摆摊者极多，大抵自轩亭口至江桥，几乎沿路接联不断，中间空路也就留存得有限，从前越中无车马，水行用船，陆行用轿，所以如改正旧文，当云仅容肩舆而已。这些摆摊的当然有好些花样，不晓得如今为何记不清楚，这不知究竟是为了年老健忘，还是咀馋眼馋的缘故，记得最明白的却是那些水果摊子，满台摆满了秋白梨和苹果，一堆一角小洋，商人大张着嘴在那里嚷着叫卖。这种呼声也很值得记录，可惜也忘记了，只记得一点大意。石天基《笑得好》中有一则笑话，题目是“老虎诗”，其文曰：

一人向众夸说，我见一首虎诗，做得极好极妙，止得四句诗，便描写已尽。旁人请问，其人曰，头一句是甚的甚的虎，第二句是甚的甚的苦，旁人又曰，既是上二句忘了，可说二下句罢。其人仰头想了又想乃曰，第三句其实忘了，还亏第四句记得明白，是很得很的意思。

市声本来也是一种歌谣，失其词句，只存意思，便与这《老虎诗》无异。叫卖的说东西贱，意思原是寻常，不必多来记述，只记得有一个特殊的例：卖秋白梨的大汉叫卖一两声，频高呼曰，来驮哉，来驮哉，其声甚急迫。这三个字本来也可以解为请来拿吧，但从急迫的声调上推测过去，则更像是警戒或告急之词，所以显得他很是特别。他的推销法亦甚积极，如有长衫而不似寒酸或啬刻的客近前，便云：拿几堆去吧。不待客人说出数目，已将台上两个一堆或三个一堆的梨头用右手搅乱归并，左手即抓起竹丝所编三文一只的苗篮来，否则亦必取大荷叶卷成漏斗状，一堆两堆的尽往里装下去。客人连忙阻止，并说出需要的堆数，早已来不及，普通的顾客大抵不好固执，一定要他从荷叶包里拿出来再摆好在台上，所以只阻止他不再加入，原要两堆如今已是四堆，也就多花两个角子算了。俗语云：掗卖情销，上边所说可以算作一个实例。路旁除水果外一定还有些别的摊子，大概因为所卖货色小时候不大亲近，商人又不是那么大嚷大叫，所以不大注意，至今也就记不起来了。

与石板路有关联的还有那石桥。这在江南是山水风景中的一个重要分子，在画面上可以时常见到。绍兴城里的西边自北海桥以次，有好些大的圆洞桥，可以入画，老屋在东郭门内，近处便很缺少了，如张马桥、都亭桥、大云桥、塔子桥、马梧桥等，差不多都只有两三级，有的还与路相平，底下只可通小船而已。禹迹寺前的春波桥是个例外，这是小圆洞桥，但其下可以通行任何乌篷船，石级也当有七八级了。虽然凡桥虽低而两栏不是墙壁者，照例总有天灯用以照路，不过我所明了记得的却又只是春波桥，大约因为桥较大，天灯亦较高的缘故吧。这乃是一支木竿高约丈许，横木上着板制人字屋脊，下有玻璃方龛，点油灯，每夕以绳上下悬挂。翟晴江《无不宜斋稿》卷一《甘棠村杂咏》之十七咏天灯云：

冥冥风雨宵，孤灯一杠揭。

荧光散空虚，灿逾田烛设。

夜间归人稀，隔林自明灭。

这所说是杭州的事，但大体也是一样。在民国以前，属于慈善性的社会事业，由民间有志者主办，到后来恐怕已经消灭了吧。其实就是在那时候，天灯的用处大半也只是一种装点，夜间走路的人除了夜行人外，总须得自携灯笼，单靠天灯是决不够的。拿了“便行”灯笼走着，忽见前面低空有一点微光，预告这里有一座石桥了，这当然也是有益的，同时也是有趣味的事。

（三十四年十二月二日记，时正闻驴鸣）

再谈禽言

禽言诗盖始于宋朝，这几百年里作品颇不少，但是写得好的却是难得看见。光绪已卯观颓道人即杨浚编刊《小演雅》，集百禽言为一卷，又以鸟自呼名、鸟声及通鸟语等分为续录、别录、附录各一卷，以木活字印行，寒斋幸得有一册。大抵为禽言诗者多意主讽刺，然而不容易用的恰好，往往得到这两种毛病之一：抓住题目做，不免粘滞，而且又像是赋得体，此其一；离开题目，又太浮泛了，令人觉得何必硬要做这一篇，此其二。本来禽言多出于勉强，说穿固未免杀风景，却也是实在的事。陆以湉著《冷庐杂识》卷六有《禽言》一则云：

> 黄雰青观察禽言诗引，谓江南春夏之交，有鸟绕村飞鸣，其音若家家看火，又若割麦插禾，江以北则曰淮上好过，山左人名之曰短募把锄，常山道中又称之曰沙糖麦果，实同一鸟也。余案

此鸟即布谷，《尔雅》所谓鸤鸠鴶鵴者，是也。《本草释名》又有阿公阿婆，脱却布裤等音。陈造《布谷吟》序谓人以布谷为催耕，其声曰脱了泼裤，淮农传其言云郭嫂打婆，浙人解云一百八个，人以意测之，云云。吾乡蚕事方兴，闻此鸟之声以为扎山看火，迨蚕事毕，则以为家家好过，盖不待易地而其音且因时变易矣。

王济宏《籜廊琐记》卷五《记鸟声》云：

李国扬，鸟声也，俗传国扬不知何许人，贩茶六安，客死不归，其妻化为是鸟，黔翼绀喙，形似鹳鸲，啼呼之声甚苦，吻际往往出血。揭来飞鸣麻埠杨家店等处，昼则呼李国扬，夕则呼天黑了，音甚了了。茶春始至，迨买茶客散，而此鸟亦不知何往。及余来蜀中，乡间亦有是说，细审乃是子规。昔蜀人思望帝，闻子规鸣，皆曰望帝也，故蜀人以子规为望帝所化。合俗说乃知鸣者自发其响，而听者各绎其音，亦如割麦插禾，阿公阿婆之类，俗说纷纭，方言传讹，无足深辩云。

这本也是老生常谈，鸣者自发其响，听者各绎其音，故禽言多因地或至因时而异，只要绎得有意思有风趣，也是很好的，无论用作诗料，或当作民间传说去看。可惜这不大多，《小演雅》的一百个题目强半是强勉的，有点意思的不过十分之一，如泥滑滑、提壶卢、行不得也哥哥、不如归去、割麦插禾、婆饼焦等，至于附属的传说更是缺少。姑恶这一种似乎最可以有故事讲了，可是据东坡《五禽言》的自注，也只是说："姑恶，水鸟也，俗云妇以姑虐死，故其声云。""婆饼焦"项下，杨君注曰俟考，所引诗第一首是梅尧臣的《四禽言》，其词云：

婆饼焦，儿不食。尔父向何之，尔母山头化为石。山头化石可奈何，遂作微禽啼不息。

这里边显然藏着故事。钱沃臣《乐妙山居集》，《蓬岛樵歌续编》中有一首云：

婆饼焦兮婆饼焦，儿不食兮空悲号，
生恨不为抱儿石，千年万年无相抛。

注云：

婆饼焦，禽言。俗传幼儿失怙恃，养于祖母，岁饥不能得食，儿啼甚，祖母作泥饼煨于火以给之，乃自经，而儿不知也，相继饿毙，化为此鸟，故其声如此。《情史》又云，人有远戍者，其妇从山头望之，化为鸟，时烹饼将为饷，使其子侦之，恐其焦不可食也，往见其母化此物，但呼婆饼焦也。《谈荟》又云，鸣于麦秋，曰婆饼焦，儿不食。余读书于山寺，常闻此鸟，声甚悲惨。邑南乡有抱儿石，宛然慈母之乳子。

案象山地方俗说甚为悲苦，是本色的民间传说，有老百姓的真情存在，与儒生在书房中所造者不同。《情史》所说便多支离处，但梅圣俞的诗似即根据此说，可知相传亦已久矣。

商廷焕《味灵华馆诗》卷五中有《补禽言》二首，小引云：

余读禽言诗，见其语多讽刺，殆托鸟言以警世，使闻者知戒而已。但鸟之鸣也，土人以意测之，而各有不同。吾粤有黄雀者，春间鸣于园林城市之中，其音云大荷包。又有山鸟者，春夏之交栖于岩谷，其音云走不起爬爬。皆《禽经》所未备，爰作二章以补之。

乾隆中无闷居士著《广新闻》卷四中又有《家家好》一则云：

客某游中峰，时值亢旱，望雨甚切，忽有小鸟数十，黑质白章，喙如凫，鸣曰家家叫化，音了如人语，山中人哗曰，此旱怪也，竞奋枪网捕杀数头。天雨，明日此鸟仍鸣，听之变为家家好，家家好矣。

因晴雨不同，禽言的解释亦不同，这是常有的事，最显明的例即是鸠鸣。鸠在吾乡称为野鹁鸽，亦云步姑，文人则曰斑鸠，范寅《越谚[1]》卷上“翻译禽音之谚第十五”中记之曰：

渴杀鸪，渴杀鸪。（呼雨）

挂挂红灯，挂挂红灯。（呼晴）

此两种呼声小时候常常听到，觉得很像，也颇应验。又记燕子鸣声云：

弗借旡乃盐，弗借旡乃醋，

只要旡乃高堂大屋让我住住。

旡乃者，方言谓你们。此数语音调呢喃，深得燕语精神，又恰是小儿女语，故儿童无不喜诵之者。猫头鹰夜叫，若曰掘汪掘汪。汪者小坑，道路凹处积水汪荡，掘汪联想到埋葬，故闻者甚为忌讳，唯山中人习闻，亦不以为意。又一则云：

得过且过。（早鸣）

明朝爬起早做窠。（暮鸣）

此盖从寒号虫的得过且过引申出来，意在用以讽刺懒惰的人，但寒号虫越中无此物，无从闻此啼声，或云亦是鸠鸣，因传说鸠性拙不能营巢，故为此语耳。冯云鹏《红雪词》乙集卷一有禽言词二十二首，其中亦

【锺校】

①“谚”原作“谬”。

有新题目，可以增补，但惜少说明也。

一、折鸟窠儿晒。二、修破屋。通沙间有此鸟声，张萼辉为予言。三、叶贵了。浙土有之，俗名天燕子。四、锅里麦屑粥。报麦鸟声，通邑多有之。五、半花半稻。予在狼山侧闻之，农人告语，是鸣半花半稻也，肖甚。六、桃花水滴滴。桃花鸟声。其类甚小，予于石渚闻之，至则桃花水发矣，故土人译其音云。

这些题目都颇好，有兴致补咏禽言者大可利用，但是更有意思的则因其出自民间，有些可以看出民众生活的反映，故尤宜为留心民俗的学人所珍重也。

（乙酉，夏至节）

关于遗令

蒋超伯《麓濞荟录》卷四，有《遗令》一则云：

六朝人最重遗令。《南史》王秀之传：遗令，朱服不得入棺，祭则酒脯而已。世人以仆妾直灵助哭，当由丧主不纯，至欲以多声相乱，魂如有灵，吾当笑之。

张融传：遗令曰，三千买棺，无制新衾。左手执《孝经》《老子》，右手执小品《法华经》。吾生平之风调，何至使妇人行哭失声。

顾宪之传：遗令曰，朔望祥忌，可权安小床，暂施几席，惟下素馔，勿用牲牢。孔子云，虽蔬食菜羹瓜祭，必斋如者，本贵诚敬，岂求备物哉。

孙谦传：年九十二，临终遗令曰，棺足周身，圹足容棺，旐书爵里，无曰[1]不然。旐表命

【锺校】

①“曰”原作“日”。

数，差可停息，直僦辒床，装之以蘧，以常所用者为魂车，他无所用。

沈麟士传：遗令云，含珠以米，单衣幅巾，既殡不复立灵座。四节及祥，权铺席于地，以设玄酒之奠。人家相承漆棺，今不复尔，亦不须旐。成服后即葬，作冢令小，后祔更作小冢于滨，合葬非古也。不须辒车灵舫魌头也，不得朝夕下食。

《北史》韦敻传：以年老预戒其子等曰，吾死之日可敛旧衣，莫更新造。使棺足周尸，牛车载柩，坟高四尺，圹深一丈，其馀烦杂悉无用也。朝晡奠食，于事弥烦，吾不能顿绝尔辈之情，可朔望一奠而已，仍荐蔬素，勿设牲牢。亲友欲以物吊祭者，并不得为受。

以上各说未尝非达观，乃陶贞白遗令，明器有车马道人道士，并在门中，道人左，道士右，百日内夜常燃灯，旦常香火。烦杂殊甚，非高遁之风矣。

案陶隐居虽以神虎门挂冠得名，其人实道士耳，所著书唯关于《本草》之别录差有意义，若《真诰》则是鬼画符，非迷则妄矣。大抵关于此事唯信神灭者始能彻底安于虚无，次则学佛老者亦庶几以淡泊为旨，若方士既求长生，其看不透正是难怪。六朝末的颜之推著《家训》，有《终制》一篇，文情均胜，可为学佛者之一例，其中云：

> 一日放臂，沐浴而已，不劳复魄，殓以常衣。先夫人弃背之时，属世荒馑，家涂空迫，兄弟幼弱，棺器率薄，藏内无砖。吾当松棺二寸，衣帽以外一不得自随，床上唯施七星板，至于蜡弩牙玉豚锡人之属，并须停省，粮罂明器，故不得营，碑志旒旐，弥在言外。载以鳖甲车，衬土而下，平地无坟，若惧拜扫不知兆域，当筑一堵低墙于左右前后，随为私记耳。灵筵勿设枕几，朔望祥禫，唯下白粥清水干枣，不得有酒肉饼果之祭，亲友来餟酹者，一皆拒之。汝等若违吾心，有加先妣，则陷父不孝，在汝安乎。其内典功德，随力所至，勿刳竭生资，使冻馁也。四时祭祀，周孔所教，欲人勿死其亲，不忘孝道也，求诸内典则无益焉，杀生为之，翻增罪累。若报罔极之德，霜露之悲，有时斋供，及七月半盂兰盆，望于汝也。

同是学佛人而意见稍有不同者，则有李卓吾，但他已是明季的人，前后相去已有千年了。据李氏《续焚书》载其遗言，系七十六岁时在通州所书。文云：

春来多病，急欲辞世，幸于此辞。落在好朋友之手，此最难事，此予最幸事，尔等不可不知重也。倘一旦死，急择城外高阜，向南开作一坑，长一丈，阔五尺，深至六尺即止。既如是深，如是阔，如是长矣，然后就中复掘二尺五寸深土，长不过六尺有半，阔不过二尺五寸，以安予魄。既掘深了二尺五寸，则用芦席五张，填平其下而安我其上，此岂有一毫不清净者哉。我心安焉，即为乐土，勿太俗气，摇动人言，急于好看，以伤我之本心也。虽马诚老能为厚终之具，然终不如安予心之为愈矣。此是予第一要紧言语。我气已散，即当穿此安魄之坑。未入坑时，且阁我魄于板上，用予在身衣服即止，不可换新衣等，使我体魄不安，但面上加一掩面，头照旧安枕，而加一白布中单，总盖上下，用裹脚布廿字交缠其上，以得力四人平平扶出。待五更初开门时，寂寂抬出，到于圹所，即可装置芦席之上，而板复抬回以还主人矣。既安了体魄，上加二三十根椽子，横阁其上，阁了仍用芦席五张铺于椽子之上，即起放下原土，筑实使平，更加浮土，使可望而知其为卓吾子之魄也。周围栽以树木，墓前立一石碑，题曰李卓吾先生之墓，字四尺大，可托焦漪园书之，想彼亦必无吝。尔等欲守者，须是实心要守。果是实心要守，马爷决有以处尔等，不必尔等惊疑。若实与予不相干，可听其自去。我生时不着亲人相随，殁后亦不待亲人看守，此理易明，幸勿移易我一字一句。二月初五日卓吾遗言，幸听之，幸听之。

这遗言的对象大概是几个从人，故其言直捷了当，只指示埋葬事宜，不说及祭祀，由此亦可知卓吾之去儒入释，目的与削发住寺相同，其归心之程度与颜君殆有异也。葬法极佳，唯墓碑似太大，在万历时价当甚廉，故亦未可算费耳。至云板复抬回以还主人，颇有幽默之味，想见卓老此时情意透彻，已是炉火纯青之候，故涉笔成趣，为各家遗令所未曾有。卓吾写遗言之翌月，闰二月二十二日乃为张问达所劾，以惑世诬民被拿，三月十六日卒于狱。遗言后汪本钶附记云："闻之陶子曰，卓老三月遇难，竟殁于镇抚司。疏上，旨未下，当事者掘坑藏之，深长阔狭及芦席缠盖，讵意竟如其言。此则预为之计矣，谁谓卓老非先见耶。"李卓吾太重情理，一肚皮不合礼教的，随时发泄，终于为守正统[1]之士大夫所害死，此是中

【锺校】

①"统"原作"话"。

国文化思想史上的一大事，为后人所不能忘记，但在李君则可谓如愿以偿，殆未必有甚么怨怼耳。

比李卓吾更彻底的要算是杨王孙的裸葬。《前汉书》杨王孙传云：“杨王孙者，孝武时人也，学黄老之术，家业千金，厚自奉养，生无所不致，及病且终，先令其子曰，吾欲裸葬以反吾真，必毋易吾意，死则为布囊盛尸，入地七尺，既下从足引脱其囊，以身亲土。”传中又载王孙友人祁侯遗书劝止，王孙复书，皆极佳妙，复书中有云：“裹以币帛，隔以棺椁，支体络束，口含玉石，欲化不得，郁为枯腊。千载之后，棺椁朽腐，乃得归土，就其真宅。由是言之，焉用久客。”祁侯称善，遂从命裸葬云。《西京杂记》丙卷记其事云：“杨贵字王孙，京兆人也，生时厚自奉养，死卒裸葬于终南山。其子孙掘土凿石，深七尺而下尸，上复盖之以石，欲俭而反奢也。”案《杂记》署刘歆撰，歆本系俭人，即使著作非伪，亦只代表士大夫的正统意见，对于非常的行事表示其不满而已，其实裸葬矫俗，本意不在省费，且掘土凿石所费之钱亦未必多也。陶渊明《自祭文》末，亦徇俗说云，俭笑王孙，而《饮酒》之十一云：客养千金躯，临化消其宝，裸葬何必恶，人当解意表。则陶公毕竟是解人也。

以布囊盛尸入坑的办法殊妙，及后再从足引脱其囊，风趣有似卓老，此殆是学黄老者之妙味，馀人未能及也。闻宋时有吃菜事魔之教，其祖师是张角，与天师道似又不同。教徒死时盛衣冠，有长老二人坐头足边，问生时有衣服冠履否，答曰无，则一一去之，末问生时带来何物，曰有胞衣，乃以白布袋盛尸，埋诸土中云。其方法与王孙相似，且无去袋之烦，惜出于土俗密教，又有秘仪礼式，不为大雅所取耳。毕竟葬者藏，因此空不如水，水不如土，已有定论，但土又不如火，则西天荼毗法实为第一，而先哲少言及之者，固由教俗道殊，亦或似俭反奢，以视李卓吾遗言所云，事烦费重，当过数倍也。

（乙酉年十一月十二日）

《读书疑》

《读书疑》甲集四卷，刘家龙著，道光丙午年刊，至今刚是一百年，著者履历未详，但知其为山东章丘人，此书汇录壬寅至乙巳四年前读书札记，刊刻与纸墨均极劣，而其意见多有可取者。如卷四云：

通天地人谓之儒，通天地而不通人谓之术。或问通人而不通天地则何如，余曰：此非儒所能，必尧舜孔子也。尧不自作历而以命羲和，孔子不自耕而曰吾不如老农，然则儒之止于儒者，正以兼通天地也。

此言似奇而实正，兼通天地未必有害，但总之或以此故而于人事未能尽心力，便是缺点。从来儒者所学大抵只是为臣之事，所谓内圣外王不过是一句口头禅，及科举制度确立，经书与时文表里相附而行，于是学问与教育更是混乱了。卷四云：

孔子雅言，《诗》《书》执礼而已。《易》则三代以前之书，《春秋》则三代之末所用，故皆缓之也。场屋之序，考试之体，非为学之序也。

卷二云：

周礼以诗书礼乐教士，孔子以《诗》《礼》训子，而雅言亦只添一书。程子曰：《大学》入德之门，亦未言童子当读也。朱子作《小学》，恐人先读《大学》也。自有明以制义取士，三岁孩子即读《大学》，明新至善为启蒙之说矣，遂皆安排作状元宰相矣。

又卷一云：

灵台本游观之所，而于中置辟雍；泮林亦游观之地，而于中置泮宫。孔子设教于杏坛，曾子亦曰无伤我薪木，书房之栽花木，其来远矣。今则科场用五经，无暇及此，亦时为之也。

卷二讲到以经书教子弟，有一节云：

金圣叹曰：子弟到十馀岁，必不能禁其见淫书，不如使读《西厢》，则好文而恶色矣。或曰：曲终奏雅，曲未半心已荡，奈何？不如勤课以诗书。然吾见勤课者非成书呆即叛而去耳，要之教子一事难言哉，唯身教为善耳。父所交皆正人，则在其所者皆薛居州也，谁与为不善。

末了说的有些[1]迂阔，大意却是不错的，他说教子一事难言哉确是老实话，这件事至今也还没有想出好办法，现代只有性教育这一种主张，其实根本原与金圣叹相同，不过有文与实之分而已。前者凭借文人的词章，本意想教读者好文而恶色，实在也不无反要引人入胜之虞；后者使用自然的事实，说的明白，也可以看得平淡，比较的多有效力。刘君对于圣叹的话虽然不能完全赞同，但他觉得子弟或不必给《西厢》读，而在成人这却是有用的。如卷四云：

何谓圣人？费解之书爱之而不读，难行之书爱之而不读，是圣人也。食粪土，食珠玉，其为愚人一也。邪淫之书却不可不读，蔬食菜羹之味不可不知也。故圣人不删《郑风》。

又卷一云：

余喜作山歌俗唱梆子腔姑娘柳鼓儿词，而不喜作古近体诗，尤不喜作试帖。孔子言思无邪，又曰兴观群怨，皆指风言。山歌俗唱，风也。古近体，雅也。试帖，颂也。今不读山歌俗唱梆子腔梆子戏者，想皆翻孔子案，别撰尧舜二诗置于《关雎》前者也。若此之人，宜其胸罗万卷之书，

【锺校】

①“些”原作“了”。

谙练历代之典，而于人情物理一毫不达也。

这个意思本是古已有之，袁中郎在所撰《叙小修诗》中云：

> 故吾谓今之诗文不传矣，其万一传者，或今闾阎妇人孺子所唱《擘破玉》《打草竿》之类，犹是无闻无识真人所作，故多真声，不效颦于汉魏，不学步于盛唐，任性而发，尚能通于人之喜怒哀乐嗜好情欲，是可喜也。

此种意见看似稍偏激，其实很有道理，但是世人仍然多做雅颂，绝少有写山歌者，乃是因为真声不容易写，文情不能缺一，不如假古董好仿做也。卷三有一则云：

> 杨墨佛老皆非真邪教也，由学术之偏而极其甚者也。《吕刑》曰：乃命重黎绝地天通。“地天通”不知何人所作，不知成书几卷，乃千古邪教之祖也，其书虽不传，以其字义揣之，殆今之《阴骘文》《功过格》也。尧舜于“地天通”则禁绝之，今之富民于《阴骘文》《功过格》则刻之传之，可谓贤于尧舜矣。

案《尚书》注云：“使民神不扰，各得其序，是谓绝地天通。”今谓是邪教经典似无典据，唯其排斥《阴骘文》《功过格》的意见我极为赞同，中国思想之弄得乌烟瘴气，一半由于此类三教混合的教义，如俞理初所言，正可谓之愚儒莠书也。刘君深恶富民之传刻邪教之书，不知儒生的关系更大，近代秀才几乎无不兼道士者，惠定宇尚不能免，即方苞亦说骂朱子者必绝后，迷信惨刻，与巫道无异，若一般求富贵者，非奔走权门则唯有乞灵于神鬼，此类莠书之制作宣扬传布皆是秀才们所为，富民不过附和，其责任并不重大。鄙人不反对民间种种祷祀，希求得福而免祸，唯一切出于儒生造作之莠书曲说至为憎恶，往见张香涛等二三人言论，力斥扶乩及谈《阴骘文》等为魔道，今又得刘君，深喜不乏同调，但前后百年，如《笑赞》中所说，圣人数不过五，则亦大是可笑耳。

书中多有不关重要问题，随笔纪录者，自具见解，颇有风趣，虽或未必尽当，亦复清新可喜。如卷一云：

> 古者以萧为烛，如今之火把，故须人执之也。六代时已有木奴，代人执烛。杜诗，何时秉银烛，银已是蜡台[①]矣，何用人执之耶？
>
> 而韩忠献在军中阅文书，执烛之卒爇其须，

【锺校】

①“蜡台”原作“腊烛”。

则何故耶？谀墓[1]者空中楼阁，修史者依样壶卢，类如此。

又卷三云：

古人祭祀纳金示情，唐明皇东封金不足用，张说请以楮代之，此纸钱之始也。

吴縠人《播间乞食》诗云，归路纸钱风，可谓趣矣。若据为纸钱之考证则呆矣。

又云：

《聊斋》者不得第之人故作唱本以娱人耳，后人尊之太过，反失其实矣。即如其首篇《考城隍》云：堂上官十人，唯识关壮缪。夫红脸长须者戏台之壮缪耳，其本来面目亦如此乎？乡人入朝房，谓千官皆忠臣，问何以知之，曰奸臣皆满脸抹粉也。《聊斋》之言与此何异？又如有心为善，善亦不赏，岂复成说话乎？

此处批评蒲君，似乎太认真，但亦言之成理。古语云，先知不见重于故乡，《聊斋》恐亦难免此例。若武松之在清河，张飞之在涿州，则又是别一例，盖英雄豪杰唯从唱本中钻出来的乃为群众所拥戴。放翁诗

【锺校】

① “墓”原作“基”。

云，身后是非谁管得，满村听唱蔡中郎，即其反面也。

颜路请子之车，是时孔子之年七十二矣，是孔颜老而贫也。孟子后丧逾前丧，是老而富也。其故何也？春秋之君不养士，故郑有青衿，刺学校废也。战国之国争养客，故鸡鸣狗盗皆上客也。士即筮仕，亦止为小官，而所任则府史之职，但作文章而已。故孔子主颜雠由，而其告哀公曰，尊贤不惑，敬大臣乃不眩也。客则直达于君，而受虚职焉。故孟子馆于雪宫，又馆于上宫，且为客卿而出吊也。是则春秋无客，战国无士矣。古之人君不甚贵，臣不甚贱，故不分流品，春秋尚然，至战国则君骄臣谄，臣不敢任事，亦不能任事，而有才者皆为客矣。此书院之膏火所以廉，而称知县曰父师，幕客之束脩所以重，而称知县曰东家也。孔子必闻其政，则子禽以为奇事，孟子传食诸侯，而景春谓其不急于求仕，皆此之由也。

这一则在第四卷之末，说孔孟贫富的原因很是详细，说得像煞有介事的，觉得很有意思，中间书院膏火与幕友束脩的比较更为巧妙，著者的深刻尖新的作风很可以看得出来。但是，在上边所引的文章里边，这一则似乎最漂亮，一面说起来却也是比较的差，因为这样的推究容易出毛病，假如材料不大确实，假设太奇突，心粗手滑，便成谬说。我们这里引了来看他怎么说，并不要一定学他说，重要的还是在前边的那几节，其特点在通达人情物理，总是平实无弊者也。

（乙酉年五月二十五日）

东昌坊故事

余家世居绍兴府城内东昌坊口，其地素不著名，唯据山阴吕善报著《六红诗话》，卷三录有张宗子《快园道古》九则，其一云：

苏州太守林五磊素不孝，封公至署半月即勒归，予金二十，命悍仆押其抵家，临行乞三白酒数色亦不得，半途以气死。时越城东昌坊有贫子薛五者，至孝，其父于冬日每早必赴混堂沐浴，薛五必携热酒三合御寒，以二鸡蛋下酒。袁山人雪堂作诗云：三合陈酭[①]敌早寒，一双鸡子白团团，可怜苏郡林知府，不及东昌薛五官。

又毛西河文集中题罗坤所藏吕潜山水册子，起首云："壬子秋遇罗坤蒋侯祠下，屈指揖别东昌坊五年矣。"关于东昌坊的典故，在明末清初找到了两个，

【锺校】

①"酭"原作"希"。

也很可以满意了。

东昌坊口是一条东西街，南北两面都是房屋，路南的屋后是河，西首架桥曰都亭桥，东则曰张马桥，大抵东昌坊的区域便在此二桥之间。张马桥之南曰张马衖，亦云绸缎衖，北则是丁字路，迤东有广思堂王宅，其地即土名广思堂，不知其属于东昌坊或覆盆桥也。都亭桥之南曰都亭桥下，稍前即是让檐街，桥北为十字路，东昌坊口之名盖从此出，往西为秋官第，往北则塔子桥，狙击琶八之唐将军庙及墓皆在此地。我于光绪辛丑往南京以前，有十四五年在那里住过，后来想起来还有好些事情不能忘记，可以记述一点下来。从老家到东昌坊口大约隔着十几家门面，这条路上的石板高低大小，下雨时候的水汪，差不多都还可想像，现在且只说十字路口的几家店铺吧。东南角的德兴酒店是老铺，其次是路北的水果摊与麻花摊，至于西南角的泰山堂药店乃是以风水卜卦起家、绰号矮癞胡的申屠泉所开，算是暴发户，不大有名望了。

关于德兴酒店，我的记忆最为深远。我从小时候就记得我家与德兴做账，每逢忌日祭祀，常看见用人拿了经折子和酒壶去取掺水的酒来，随后到了年节再酌量付还。我还记得有一回，大概是七八岁的时候，独自一人走到德兴去，在后边雅座里找着先君正和一位远房堂伯在喝老酒。他们称赞我能干，分下酒的鸡肫豆给我吃，那时的长方板桌与长凳，高脚的浅酒碗，装下酒盐豆等的黄沙粗碟，我都记的很清楚，虽然这些东西一时别无变化，后来也仍时常看见。连带的使我不能忘记的是酒店所有的各种过酒胚，下酒的小吃，固然这不一定是德兴所做的最好，不过那里自然具备，我们的经验也是从那里得来的。鸡肫豆与茴香豆都是其中重要的一种。七年前在《记盐豆》的小文中曾说：

> 小时候在故乡酒店常以一文钱买一包鸡肫豆，用细草纸包作纤足状，内有豆可二三十粒，乃是黄豆盐煮漉干，软硬得中，自有风味。

为什么叫作鸡肫的呢？其理由不明了，大约为的是嚼着有点软带硬，仿佛像鸡肫似的吧。茴香豆是用蚕豆，越中称作罗汉豆所制，只是干煮加香料，大茴香或是桂皮，也是一文钱起码，亦可以说是为限，因为这种豆不曾听说买上若干文，总是一文一把抓，伙计即酒店官他很有经验，一手抓去数量都差不多，也就摆作一碟，虽然要几碟或几把自然也是自由。

此外现成的炒洋花生、豆腐干、咸豆豉等大略具备，但是说也奇怪，这里没有荤腥味，连皮蛋也没有，不要说鱼干鸟肉了。本来这是卖酒附带喝酒，与饭馆不同，是很平民的所在，并不预备阔客的降临，所以只有简单的食品，和朴陋的设备正相称。上边所说这些豆类都似乎是零食，在供给酒客之外，一部分还是小孩们光顾买去。此外还有一两种则是小菜类的东西，人家买去可以作临时的下饭，也是很便利的事。其一名称未详，只是在陶钵内盐水煮长条油豆腐，仿佛是一文钱一个，临买时装在碗里，上面加上些红辣茄酱。这制法似乎别无巧妙，不知怎的自己煮来总不一样，想吃时还须得拿了碗到柜上去买。其二名曰时萝卜，以萝卜带皮切长条，用盐略腌，再以红霉豆腐卤渍之，随时取食。此皆是极平常的食物，然在素朴之中自有真味，而皆出自酒店店头，或亦可见酒人之真能知味也。

东北角的水果摊其实也是一间店面，西南两面开放，白天撤去排门，台上摆着些水果，似摊而有屋，似店而无招牌店号，主人名连生，所以大家并其人与店称之曰水果连生云。平常是主妇看店，水果连生则挑了一担水果，除沿街叫卖外，按时上各主顾家去销售。这担总有百十来斤重，挑起来很费气力，所以他这行业是商而兼工的，有些主顾看见他把这一副沉重的担子挑到内堂前，觉得不大好意思让他原担挑了出去，所以多少总要买他一点，无论是杨梅或是桃子。

东昌坊距离大街很远，就是大云桥也不很近，临时想买点东西只好上水果连生那里去，其价钱较贵也可以说是无怪的。小时候认识一个南街的小破脚骨，自称姜太公之后，他曾说水果连生所卖的水果是仙丹，所以那么贵，又一转而称店主人曰华陀，因为仙丹当然只有华陀那里发售。

都亭桥下又有一家没有招牌的店，出卖荤粥，后来改卖馄饨和面，店更繁昌起来了。主人姓张，曾租住我家西边馀屋，开棺材店多年。我的曾祖母是很严格的人，可是没有一点忌讳，真很可佩服。我还记得墙上黑字写着“张永兴字号龙游寿枋”等语。这张老板一面做着寿材，一面在住家制荤粥出售。荤粥一名肉骨头粥，系从猪肉店买骨头来煮粥，食时加葱花小虾米及酱油，每碗才几文钱，价廉而味美，是平民的好食品，虽然绅士们不大肯屈尊光顾。

我们和姜君常常去吃，有一天已经吃下大半碗去了的时候，姜君忽然正色问道，你们没有放下什么毒药么？这一句话问的张老板的儿子媳妇哑口无言，不知道怎么回答才好，姜君乃徐徐说道，我怕你们兜揽那面的生意呢。店里的人只好苦笑，这其实也是真的，假如感觉敏捷一点的人想到店主人的本业，心里难免有这种疑问，不过不好说出来罢了。这荤粥的味道至今未能忘记，虽然这期间已经有了四十多年的间隔，上月收到长女的乳母诉苦的信，说米价每升已至三四千元，荤粥这种奢侈食品，想必早已没有了吧。因为这样的缘故，把多少年前的地方和情状记录一点下来，或者也不是全无意思的事。

（乙西一九四五[①]年七月四日）

【锺校】

①“四五”原作“五四”。

焦里堂的笔记

清朝后半的学者中间，我最佩服俞理初与郝兰皋，思想通达，又颇有风趣，就是在现代也很难得。但是在此二人之外，还可以加上一个，这便是焦里堂。《雕菰楼集》以及《焦氏遗书》还是去年才买来的，《易馀籥录》二十卷却早已见到了，最初是木犀轩刻板的单印本，随后在“木犀轩丛书”全部中，其中还有焦君的《论语通释》一卷。《籥录》本是随笔，自经史政教诗文历律医卜以至动植无不说及，其中我所最喜欢的是卷十二的一节，曾经引用过好几次，现在不禁又要重抄一遍，其文曰：

先君子尝曰，人生不过饮食男女，非饮食无以生，非男女无以生生。惟我欲生，人亦欲生，我欲生生，人亦欲生生，孟子好货好色之说尽之矣。不必屏去我之所生，我之所生生，但不可忘人之所生，人之所生生。循学《易》三十年，乃知先人此言，圣人不易。

焦君这里自述其家学，本来出于《礼记》，而发挥得特为深切著明，称为圣人不易，确实不虚。戴东原《孟子字义疏证》卷下论权第五条，反对释教化的儒生绝欲存理之主张，以为天下必无舍生养之道而得存者，君子亦无私而已矣，不贵无欲，后又申明之曰：

夫尧舜之忧四海困穷，文王之视民如伤，何一非为民谋其人欲之事，惟顺而导之，使归于善。

戴氏此项意见可以说是与古圣人多相合，清末革命思想发生的时候，此书与《原善》均有翻印，与《明夷待访录》同为知识阶级所尊重。焦里堂著《论语通释》及集中《性善解》等十数篇，很受戴氏的影响，上文所引的话也即是一例。本是很简单的道理，而说出来不容易，能了解也不容易，我之所以屡次引用，盖有感于此，不仅为的我田引水已也。

但是这里我想抄录介绍的却并非这些关于义理的话，乃是知人论世，实事求是的部分，这是于后人最有益的东西。如卷八有一则云：

《汉书》霍光传，光废昌邑王，太后被珠襦，盛服坐武帐中。如淳曰，以珠饰襦也。晋灼曰，贯以为襦，形若今革襦矣。按此太后即昭帝上官皇后也，外戚传言六岁入宫立为皇后，昭帝崩时后年十四五，当昌邑王废时去昭帝崩未远，然则太后仅年十四五耳，故衣珠襦。读诏至中，太后遽曰止，全是描摹童稚光景，说者以为班氏效左氏“魏绛和戎”篇后羿何如之笔法，尚影响之见也。晋灵公立于文公六年，穆嬴常抱之，至宣公二年亦仅十四五耳，从台上弹人而观其辟丸，熊蹯不熟，杀宰夫置诸畚，皆童稚所为。故读史必旁览博证，其事乃见。仅就一处观之，则珠襦之太后以为老妇人，嗾獒之灵公且以为长君，以老妇而著珠襦，以长君而弃人用犬，遂出情理之外矣。

此则所说可谓读书的良法，做学问的人若能如此用心，一隅三反，自然读书得间，能够切实的了解。这一方面是求真实，在别方面即是疾虚妄，《僪录》卷二十中实例很多，都很有意思，今依次序抄录数则于后：

《鹤林玉露》言，陆象山在临安市肆观棋，如是者累日，乃买棋局一副，归而悬之室中，卧而仰视之者两日，忽悟曰，此河图数也，遂往与棋对，棋工连负二局，乃起谢曰：某是临安第一手棋，凡来着者俱饶一先，今官人之棋反饶得某一先，天下无敌手矣。此妄说也。天下事一技之微非习之不能精，未有一蹴便臻其极者，至云河图数尤妄，河图与棋局绝不相涉，且河图当时传自陈希夷者无甚深奥，以此悟之于棋，遂无敌天下，尤妄说也。此等不经之谈，最足误人，所关非细故也。

×

《酉阳杂俎》记一行事，言幼时家贫，邻母济之。后邻母儿有罪，求救于一行，一行徙大瓮于空室，授奴以布囊，属以从午至昏有物入来其数七，可尽掩之。奴如言往，有豕至，悉获置瓮中。诘朝中使叩门急，召至便殿，玄宗[1]问曰，太史奏昨夜北斗不见，何祥也？一行请大赦天下，从之，其夕太史奏北斗一星见，凡七日而复。按一行精于天算，所撰《大衍术》最精，然非迂怪之士也，当时不学之徒不知天算之术，妄为此言耳。近时婺源江慎修通西术，撰《翼梅》等书，亦一行之俦也，有造作《新齐谐》者称其以筒寄音于人，以口向筒言，远寄其处，受者以耳承之，尚闻其声。又称其一日自沉于水，或救

【锺校】

①“宗”原作“中”。

之起，曰，吾以代吾子也，是日其子果溺死。此傅会诬蔑，真令人发指。嘉庆庚申六月阮抚部在浙拒洋盗于松门，有神风神火事（余别有记记之，在《雕菰集》），遂有传李尚之借风者。尚之精天算，为一行之学者也，余时在浙署，与尚之同处诚本堂，尚之实未从至松门。大抵街谈巷议，本属无稽，而不学者道听涂说，因成怪妄耳。

×

《宋史》，庞安常治已绝妇人，用针针其腹，腹中子下而妇苏，子下，子手背有针迹。旧《扬州府志》乃以此事属诸仪征医士殷榘，而牵合更过其实，前年余修《府志》，乃芟去而明辨之。又有一事与此相类，相传高邮老医袁体庵家有一仆病咳喘，袁为诊视，曰不起矣，宜急归。其仆丹徒人，归而求治于何澹庵，何令每日食梨，竟愈。明年复到袁所，袁大惊异，云云。按此事见于《北梦琐言》，亦如庞安常事傅会于殷也。（案：原本录有《北梦琐言》原文，今略。）所传袁何之事，正是从此傅会。余每听人传说官吏断狱之事，或妖鬼，大抵皆从古事中转贩而出，久之忘其所从来。偶举此一端，以告史之轻信传闻者。

×

张世南《游宦纪闻》记僧张锄柄事云，张一日游白面村，有少妇随众往谒，张命至前，痛嘬其颈。妇号呼，观者哄堂大哂。妇语其夫，夫怒奋臂勇往诟骂。僧笑曰，子毋怒，公案未了，宜令再来。骂者不听，居无何，妇以他恚投缳以死。此即世所传僧济颠事，大约街谈巷议，转相贩易，不可究诘。乾隆己酉庚戌间，郡城西方寺有游僧名兰谷者，出外数十年归，共传其异，举国若狂，余亦往视之，但语言不伦，无他异，未几即死。至今传其事者尚籍籍人口，大抵张冠李戴，要之济颠嘬颈之事贩自张锄柄，而张锄柄之嘬颈不知又贩自何人，俗人耳食，多张世南“往往传诸口笔”之书，遂成故事矣。宋牧仲《筠廊偶笔》记扬州水月庵杉木上俨然白衣大士像，鹦鹉竹树善才皆具，费滋衡亲验此木，但节间虫蠹影响略似人形，作文辨其讹。

这几则的性质都很相近，对于世俗妄语轻信的恶习痛下针砭，却又说的很好，比普通做订讹正误工作的文章更有兴趣。我们只翻看周栎园的《同书》和禹门福申的《续同书》，便可看见许多相同的事，有的可以说是偶合，有的出于转贩，或甲有此事，而张冠李戴，转展属于乙丙，或本无其事，而道听途说，流传渐广，不学者乃信以为真。最近的例如十年前上海报上说叶某受处决，作绝命书云："黄泉无客店，今夜宿谁家。"案此诗见于《玉剑尊闻》，云是孙蕡作，又见于《五代史补》，云是江为作，而日本古诗集《怀风藻》中亦载之，云是大津皇子作，《怀风藻》编成在中国唐天宝之初，盖距今将千二百年矣。此种辨证很足以养成读书力，遇见一部书一篇文或一件事，渐能辨别其虚实是非，决定取舍，都有好处，如古人所云，开卷有益，即是指此，非谓一般的滥读妄信也。

焦里堂的这些笔记可以说是绣出鸳鸯以金针度人，虽然在著者本无成心，但在后人读者对于他的老婆心不能不致感谢之意。焦君的学问渊博固然是很重要的原因，但是见识通达尤为难得，有了学问而又了解物理人情，这才能有独自的正当的见解，回过去说，此又与上文所云义理相关，根本还是思想的问题，假如这一关打不通，虽是有学问能文章，也总还济不得事也。

关于焦里堂的生平，有阮云台所作的传可以参考，他的儿子廷琥所作《先府君事略》，共八十八则，纪录一生大小事迹，更有意思。其中一则云：

湖村二八月间赛神演剧，铙鼓喧阗，府君每携诸孙观之，或乘驾小舟，或扶杖徐步，群坐柳阴豆棚之间。花部演唱，村人每就府君询问故事，府君略为解说，莫不鼓掌解颐。府君有《花部农谈》一卷。

案焦君又著有《剧说》六卷，其为学并不废词曲，可见其气象博大，清末学者如俞曲园谭复堂平景孙[1]诸君亦均如此，盖是同一统系也。焦君所著《忆书》卷六云：

余生平最善容人，每于人之欺诈不肯即发，而人遂视为可欺可诈，每积而至于不可忍，遂猝以相报。或见余之猝以相报也，以余为性情卞急，不知余之病不在卞急而正坐姑息。故思曰容，容作圣，必合作肃作乂作哲作谋，否则徒容而转至于不能容矣。自知其病，乃至今未能改。

此一节又足以见其性情之一斑，极有价值。昔日读郝兰皋的《晒书堂诗抄》，卷下有七律一首，题曰："余家居有模糊之名，年将及壮，志业未成，自嘲又复自励。"又《晒书堂笔录》卷六中有"模糊"一则，叙

【锺校】

①"谭复堂平景孙"，原作"谭堂平景复孙"。

述为奴仆所侮，多置不问，由是家人被以模糊之名，笑而颔之。焦郝二君在这一点上也有相似之处，觉得颇有意思。

照我的说法，郝君的模糊可以说是道家的，他是模糊到底，心里自然是很明白的。焦君乃是儒家的，他也模糊，但是有个限度，过了这限度就不能再容忍。这个办法可以说是最合理，却也最难，容易失败，如《忆书》所记说的很明白。前者有如佛教的羼提，已近于理想境，虽心向往之而不能至，若后者虽不免多有尤悔，而究竟在人情中，吾辈凡人对之自觉更有同感耳。

（一九四五年四月十五日）

凡人的信仰

宗教的信仰，有如佛教基督教的那一类信仰，我是没有，所以这里所用信仰一语或者有点不妥贴，亦未可知。我是不相信鬼神的存在的，但是不喜欢无神论者这名称，因为在西洋通行，含有非圣无法的意味，容易被误解，而无鬼论者也有阮瞻在前，却终于被鬼说服，我们未必是他一派。我的意见大概可以说是属于神灭论的，据《梁书》所载其要旨为形存则神存，形谢则神灭，后又引申之云：

> 形者神之质，神者形之用。神之于质犹利之于刀，形之于用犹刀之于利。利之名非刀也，刀之名非利也，然而舍利无刀，舍刀无利。未闻刀没而利存，岂容形亡而神在。

范子真生于齐梁之际，去今将千五百年，却能有如此干脆的唯物思想，的确很可佩服。其实王仲任生在范君四百年前，已经说过类似的话，如《论衡》论死第六十二中云：

人之死犹火之灭也，火灭而耀不照，人死而知不惠，二者宜同一实，论者犹谓死者有知，惑也。人病且死，与火之且灭何以异。火灭光消而烛在，人死精亡而形存，谓人死有知，是谓火灭复有光也。

但是当时我先读《弘明集》，知道神灭论，比读《论衡》更早，而且萧老公身为皇帝，亲自出马，率令群臣加以辩难，更引起人的注意，后来讲到这问题，总想起范君的名论来。既不上引王仲任，也不近据唯物论，即为此故也。这样说来，假如信仰必以超自然为对象，那么我便不能说是有信仰，不过这里只用作意见来讲也似不妨，反正说的本是凡人，并非贤者，读者自当谅解，不至责备也。

上边顺便说明了我对于神鬼的意见，以为是无神亦无鬼，这种态度似乎很是硬性，其实却并不然。关于鬼，我只是个人不相信他有而已，对于别人一点都不发生什么关系。我在《鬼的生长》一文中曾说道：

我不信鬼，而喜欢知道鬼的事情，此是一大矛盾也。虽然，我不信人死为鬼，却相信鬼后有人，我不懂什么是二气之良能，但鬼为生人喜惧愿望之投影，则当不谬也。陶公千古旷达人，其

《归园田居》云，人生似幻化，终当归空无，《神释》云，应尽便须尽，无复更多虑，在《拟挽歌辞》中则云，欲语口无音，欲视眼无光，昔在高堂寝，今宿荒草乡。陶公于生死岂尚有迷恋，其如此说于文词上固亦大有情致，但以生前的感觉推想死后况味，正亦人情之常，出于自然者也。常人更执着于生存，对于自己及所亲之翳然而灭，不能信亦不愿信其灭也，故种种设想，以为必继续存在，其存在之状况则因人民地方以至各自的好恶而稍稍殊异，无所作为而自然流露，我们听人说鬼实即等于听其谈心矣。

我的无鬼论因此对于家庭社会的习俗别无显著的影响，所要者不在仓卒的改革，若能更深切的理解其意义，乃是更有益于人己的事。《神灭论》中其实也已说及，如云：

> 问曰，形神不二，既闻之矣，形谢神灭，理固宜然。敢问，经云，为之宗庙，以鬼飨之，何谓也？答曰，圣人之教然也，所以弭孝子之心，而厉偷薄之意，神而明之，此之谓矣。

这一节话说的很好，据物理是神灭，顺人情又可以祭如在，这种明朗的不彻底态度很有意思，是我所觉得最可佩服的中国思想之一节。从这样的态度立脚，上边只说的是人死观，但由此而引申到人生观也就很容易，因为根本的意思还是一个也。

我对于人生的意见也是从神灭论出发，也可以说是唯物论。实在我是不懂哲学玄学神学以至高深的理论的，所有的知识就只是普通中学程度的科学大要，十九世纪的进化论与生物学在现今也已是老生常谈了。民国七年我写那篇《人的文学》，里边曾这样说：

> 我们承认人是一种生物。他的生活现象，与别的动物并无不同。所以我们相信人的一切生活本能都是美的善的，应得完全满足。但我们又承认人是一种从动物进化的生物。他的内面生活，比别的动物更为复杂高深，而且逐渐向上，有能够改造生活的力量。所以我们相信人类以动物的生活为生存的基础，而其内面生活却渐与动物相远，终能达到高上和平的境地。

这里说的有点笼统，又有点太理想的地方，但后来意见在根本上没有两样，我总觉得大公出于至私，或用讲学家的话，天理出于人欲。三十一年写《中国的思想问题》，有云：

> 饮食以求个体之生存，男女以求种族之生存，这本是一切生物的本能，进化论者所谓求生意志，人也是生物，所以这本能自然也是有的。

不过一般生物的求生是单纯的，只要能生存便不问手段，只要自己能生存，便不惜危害别个的生存，人则不然。他与生物同样的要求生存，但最初觉得单独不能达到目的，须与别个联络，互相扶助，才能好好的生存，随后又感到别人也与自己同样的有好恶，设法圆满的相处。前者是生存的方法，动物中也有能够做到的，后者乃是人所独有的生存的道德，古人云，人之所以异于禽兽者几希，盖即此也。

这几希的东西用中国话来说就是仁。阮伯元在《论语论仁论》中云：

《中庸篇》，仁者人也。郑康成注，读如相人偶之人。相人偶者谓人之偶之也，凡仁必于身所行者验之而始见，亦必有两人而仁乃见，若一人闭户齐居，瞑目静坐，虽有德理在心，终不得指为圣门所谓仁矣。盖士庶人之仁见于宗族乡党，天子诸侯卿大夫之仁见于国家臣民，同一相人偶之道，是必人与人相偶而仁乃见也。

先看见己之外还有人，随后又知道己亦在人中，并不但是儒家的仁也即是墨家的兼爱之本，此其一。仁不只是存心，还须得见于行事，故中国圣人的代表乃是禹稷，而政治理想是行仁政，此其二。这两点都是颇重要的，仁政的名称如觉得陈旧，那么这可以说中国的思想当是社会主义的。总之人生的理想是仁，这该是行为，不只是空口说白话，此总是极明了的事耳。

> 昔者舜问于尧曰，天王之用心何如？尧曰，吾不敖无告，不废穷民苦死者，嘉孺子而哀妇人，此吾所以用心也。

这一节话见于《庄子》天道篇，在著者的意思原来还感觉不满足，以为这是小乘的道，但在世间法却已经够好了，尤其是嘉孺子而哀妇人一语，我觉得最可佩服，也最是喜欢。《大学篇》里说，老吾老以及人之老，幼吾幼以及人之幼。《佛说四十二章经》之二十九云，想其老者如母，长者如姊，少者如妹，稚者如子。小儿与女人本来是最引人爱怜的，推己及人，感情自更深切，凡民不同圣人，但亦自应有此根基。我们凭借了现代世界的学问，关于孺子妇人能够知道一个大概，特别是性的心理更是前人未曾说过的东西，虽然或者并非不领会，现在我们能够知道，实在是运气极了的事。但是回过头来想妇女问题，却也因此得到答案，这是确实的，而难似易，至少也是行百里者半九十。英国凯本德在《爱的成年》中云："妇女问题须与工人的同时得解决。"德国希耳息菲尔特在游记《男人与女人》中谈及娼妓问题，也曾说道："什么事都不成功，若不是有更广远的，更深入于社会的与性的方面之若干改革。”这些话里都暗示社会主义的意义，我想这也是对的，不过如我从前说过，此语非诳，却亦未可乐观，爱未必能同时成年也，唯食可以不愁耳。妇女的解放本有经济与道德两方面，此事殊不易谈，今姑从略，只因此亦是一大问题，不能无一语表示，实在也只是上文所云仁的意思而已。关于儿童，如涉及教养，那就属于教育问题，现在不想来阑入，主张儿童的权利则本以瑞典蔼伦开女士美国贺耳等为依据，也可不再重述。二十七年五月写有小文曰《偶记》，现在却可以抄录于下：

> 日前见报记，大秦之酋训谕母人者，令多生育，以供战斗，又载其像，戟手瞋目，张口厉齿，状甚怪异。不佞正在译注希腊神话，不禁想起克洛诺斯吞其子女事，亦见古陶器画，则所图乃是瑞亚以襁褓裹巨石代宙斯以进，而大神之貌亦平平耳。又想到《古孝子传》，郭巨埋儿，颇具此意。帝尧尝曰，多男子则多惧。此言大有人情，又何其相去之远耶。不佞自居于儒，但亦多近外道。我喜释氏之忍与悲，足补儒家之缺，释似经过大患难来的人，所见者深，儒则犹未也。尝思忍者忍己，故是坚忍而非残忍，悲者悲他，

故是哀怜而非感伤。悲及妇孺，悲他之初步，忍于妇孺，则是忍他之末流矣。读德意志人希耳息菲尔特著书，谆谆以节育为言，对于东方妇女尤致惓惓，此真不忍人之心，中国本儒而受释之熏习，应多能了知者，然而亦不敢断言也。

这篇文章原无题目，实在是见了莫梭利尼的讲演而作，这个怪人现在虽是过去了，但这种态度却是源远流长，至少在中国还多存在，盖即是三纲的精神，其有害于民主政治固不待言，就我们现在所说的儿童与妇女问题看来，也是极大的魔障。我的信仰本来极是质朴、明朗，因此也颇具乐观的，可是与现实接触，这便很带有阴暗的影子，因为我涉猎进化论也连及遗传论，所以我平常尊史过于尊经，主张闭门读史，而史上所说的好事情殊不多，故常有越读越懊恼之慨[①]。专为权威张目之三纲的精神是其一，善于取巧变化之八股的精神又是其一，这在外国还是没有的物事，更是利害，自古至今大家受其毒害而不曾知觉也并无可逃避，故尤为可畏也。八九年前写一篇关于双节堂庸训的文章，从妇女问题说到这上边来，我曾说道：

【锺校】

①“慨”原作“概”。

我向来怀疑，女人小孩与农民恐怕永远是被损害与侮辱，不，或是被利用的，无论在某一时代会尊女人为圣母，比小孩如天使，称农民是主公，结果总还是士大夫吸了血去，历史上的治乱因革只是他们读书人的做举业取科名的变相，所拥护与打倒的东西都同样是药渣也。

积多年的思索经验，从学理说来人的前途显有光明，而从史事看来中国的前途还是黑暗未了，这样烦闷在孔子也已觉得，他一面说是为大同，而又有《龟山操》云，吾欲望鲁兮，龟山蔽之，手无斧柯，奈龟山何。圣人尚且不免如此，我们小信的人，不能有彻底坚定的信仰，殆亦可恕也。在这似有希望似无希望的中间，言行得无失其指归，有所动摇乎，其实不然，从消极出来的积极，有如姜太公钓鱼，比有目的有希望的做事或者更可持久也说不定。蔼理斯在《性的心理》跋文中最后一节有云：

在一个短时间内，如我们愿意，我们可以用了光明去照破我们路程周围的黑暗。正如在古代火把竞走里一样，我们手执火把，沿着道路奔向前去。不久就会有人从后面来，追上我们。我们所有的技巧便在怎样的将那光明固定的[1]炬火递在他手内，那时我们自己就隐没到黑暗里去。

这个意思很好，我们也愿意那么做，火传的意思释家古来曾有说及，若在我辈则原只是萤火自照而已。

（乙酉八月三十一日）

【锺校】

①“固定的”原作“固的定”。

饼斋的尺牍

饼斋（钱玄同君）于民国廿八年一月去世，于今已是六年半了。因为讲经学是受崔觯甫的影响，属于今文家这一派，以卖饼家自居，故别号饼斋，不知其始于何时，我曾见有朱文方印曰饼斋钱夏，大约这名称也总已不是很新的吧。在最后的一年里，我记得他曾说过，找出好些关于饼的文章，想请朋友们分写一篇，集作一册以为纪念。他分派给我的是束皙的《饼赋》，说这做的颇有风趣，写起来还不沉闷。在他的计划后边藏着一种悲凉的意思，就是觉得自己渐就衰老，人生聚散不常，所以想要收集一点旧友手迹，稍留过去的梦痕。虽然这时情形已不大好，新小川町《民报》社、头发巷教育司、马神庙北大卯字号的旧人几乎都已散尽，留在北京的已经没有几个人了。我当时也感到这个意思，可是不曾料到那么急迫，从《全晋文》中找出《饼赋》来看了一遍之后，未及问他要规定的纸来，准备抄写，在这迁延犹豫之中饼斋遽尔溘然，以后想起《饼赋》，便觉得像是欠着一笔债，古人或者可以补写一本焚化以了心愿，我想现在却也不必这样做了。但因此想到饼斋这别号大约是他最喜欢的一个，恰巧也顶能够表示他的性格，谨严峻烈，平易诙谐，都集在一起，疑古还只是一端，所以现今写这篇小文也就用这名字作为题目。

人家单读饼斋的文章，觉得很是激烈，及看见饼斋的人又极是和易，多喜说笑，可是在这之间还可感到有严峻的地方存在。简单的说，大抵他所最嫌恶的是假。在处世接物上边固然人也不能不用一点假，以求相安无事，若是超过了这限度，戴了假面具于道德文字思想方面鬼鬼祟祟的行动，以损人而利己的，他便看了不能忍耐，要不客气的加以一喝。这个态度在《新青年》的随感录和通信中表现得最清楚，不过以后也没有什么改变，虽然文章是不大写了，但是随处还可以表示出来。民国癸酉甲戌之交，我写了一首前世出家今在家的打油诗，许多友人都[1]赐予和章，饼斋也来一信，封面题苦茶庵知堂主人，下署恒悦庐无能子，信文云：

【锺校】

①“都”原作“部”。

苦茶上人：我也诌了五十六个字自嘲，火气太大，不像诗而像标语，真要叫人齿冷。第六句只是凑韵而已，并非真有不敬之意，合并声明。癸酉腊八，无能。

案这日正当民国廿三年一月廿二日，过了几天又来一信云：

苦茶居士棐几：今天又诌了一首，虽然越说越不像话，可是典故都在眼前，倒还很切题。第二句仿你坐朝来我坐廷之笔法而略变之，虽不敢云出蓝，似尚不至类狗。嚼字应依北平口语，读ㄐㄧㄠ之阳平，有春华楼之门联可证，有典有则，非杜撰也。失眠若依某公读为诗绵，则音更谐，但不改读也还不要紧。酉鞢二字若写为幽默或油默，则失粘了，是乌乎可。由此观之，老虎真可爱也。腊八所作，今略改数字，另纸写奉。那样一改，与前后字法句法较为谐合，但更像标语了。廿三年一月卅一日，无能白。

诗第一首题云《改腊八日作》：

但乐无家不出家，不归佛法没袈裟。
推翻桐选驱邪鬼，打倒纲伦斩毒蛇。
读史敢言无舜禹，谈音尚欲析遮麻。
寒宵凛冽怀三友，蜜橘酥糖普洱茶。

第六句的典故，因为我怕谈音韵，戏称为未来派，不易了解，诗言尚欲析遮麻，似有不敬之意也。第二题云《再和苦茶》：

要是咱们都出家，穿袈是你我穿裟。
大嚼白菜盘中肉，饱吃洋葱鼎内蛇。
世说新书陈酉鞑，藤阴杂记烂芝麻。
羊羹蛋饼同消化，不怕失眠尽喝茶。

幽默本是林语堂译语，章行严刊行后《甲寅》，俗称老虎报，主张改译为酉鞑。诗绵者黎劭西所拟著之书名，因失眠而著书谈《诗经》，故取谐音以名其书。其馀典故不悉注。自嘲诗自称火气太大，大抵是指中间两联，《新青年》时代非圣无法的精神俨然存在，到老不衰，在别一方面又有诙谐的风趣，此亦是难得，不但在文字上平常不大发表，少有知者，且在当代学者中具此种趣味的人亦甚少有也。

饼斋的手迹在我手边的有两张酒誓，用九行行七字的急就廎自制的红格纸所写，其文云：

我从中华民国二十二年七月二日起，当天发誓，绝对戒酒，即对于周苦雨马凡将二氏亦不敷衍矣。恐后无凭，立此存照。钱龟竞十。

盖朱文方印曰龟竞，十字甚粗笨，则是花押也。又一纸文同，唯马凡将名字排列在前，盖是给马四先生者，不知何以亦留在寒斋。晚年尺牍中多有可引用者，但须加注解，颇费酌量。

我所知道的人，饼斋外有鲁迅，说话与写信均喜小开玩笑，用自造新典故，说转弯话，写者读者皆不禁发笑，但令第三人见之多不得其解，搁置日久，重复抽阅，亦不免碰着有费解处，因新典故新名号暂时不用，也就不容易记起来了。为了这个缘故，有趣味的尺牍不一定适用，因为注解麻烦，其有臧否人物的违碍处尚在其次。民国二十七年的信是饼斋去世前一年内所写，时间较近，今选录其易解的几封，其一是关于厂甸买书的，如二月一日所发信云：

知翁：今天冒了寒风，为首次之巡阅，居然有所得，不亦快哉！所得为何？乃徐研甫写书面的某书也。查此书曾蒙见赐两部，然皆非定本，此为凌一两公之兄写书面者，系伪光绪廿四年之定本，忽然得到，其喜真出于意表之外矣。从此先生亦不得专美于前矣！而且不久即可洗刷我干没之嫌矣。（双行原注云，此语大有毛病，倒好像我今天若买不到，则大有干没之意者然。其然，岂其然乎?）先生已巡阅过乎？有所得乎？不匆匆。（双行注，此非反对老兄也。）弟鲍疒上。虎儿年新正二日。

案所云某书即《日本杂事诗》最后定本，光绪戊戌年刊于长沙，书面为徐仁铸[①]所题，徐君即凌霄一士两公之兄也。《杂事诗》刻本颇多，但上下卷只百五十四首，定本增删为二百首，廿五年春于厂甸摊上得一册，始知世间[②]有此本，饼斋曾借观，戏言意欲干没云。此后一信为八日所发，文云：

粥尊居士：手示敬悉。前借彰德架上之书，拟不久（然须过戊寅元夕）即不干没，唯范虎公之日记，则暂时尚拟干没，并非希望能于厂甸买到同样的手稿十五本，只因尚拟于暇时把它从头看一过，抄出一点吾要之材料而后不干没耳。阏逢摄提格年之木刻大著（搜辑亦著录也，故称著无语病），其价总与七五有关，可谓奇矣。这话怎讲？原来昨晚得书后，今日我想去代为再碰碰看，不料一问，竟大出意外之表，盖时经两日而已涨价为三元矣。我说，未免太贵了。他答道，不贵，这已经说少了！应该是三元五毛呢。我只好扬长而去了。查来函谓他说二元而您要打七五扣，则是一元五毛矣，今他说应是三元五毛，然

【锺校】

①“徐仁铸”原作“徐铸仁”。

②“始知世间”原作“世间始知”。

则二元尚须加七成五矣。何此书之价之增减皆为七五乎？何其奇也。（其实此摊若让我来摆，我要价还要大呢，因为我知道此书之板已毁，又知此书印得很少，然则当以准明板书论，非当古董卖不可。）

今年有些熟书摊均未摆，而摆者我有许多多不相识，故您过年好哇，要什么好书啦，今年还是第一次来吧，种种应酬话很少听见，此与往年不同者也。呜呼，计我生之逛厂甸书摊也，今岁盖第廿五次矣。昔我之初逛厂甸也，在阏逢摄提格之岁，即老兄刻价值三元五毛之书之年也。而今年为著雍摄提格，又值摄提格矣，而此中尚有一摄提格（柔兆摄提格，为公元一九二六年）焉。岂非廿有五次乎！前廿四次总算努力，而今年则七日之中仅逛三次，每次只逛一路，噫，何其颓唐也！差幸尚不致如别宥公之做宰予耳，以视张公少元之每日必三逛焉，实觉瞠乎其后矣矣。（双行注，此矣字非衍文。）昨今两日，凡晤三人。（案，三人名今略。）之三人者，其臭味与我皆不相近者也。噫！有宝铭堂者，先生或亦知之者也。其书签三四年前系请刘半农所写，今年系请卓君庸所写，今日问之，知皆系该老板一手所书，该老板亦多才多艺哉！昨日以一毛钱买到章虎岳之诗集一薄本，号岳之自序署曰庐江吴瘿，然则我亦大可效颦而自署曰吴兴钱疒矣。不过我确是常要躺在板铺上，不知该岳是否脖子上的确长着挺大的一个疣，如所谓气脖子者耳。手此，敬问苦安。弟钱疒顿首，虎年人日灯下。

所说木刻书即《会稽郡故书杂集》，序文署阙逢摄提格即民国甲寅秋，刻成则已在次年乙卯之夏，共印一百册，板在绍兴，己未移家时误与朱卷板一并焚毁。信中用语有特殊者，如巡阅，因友人们曾称饼斋为厂甸巡阅使，后遂通用。彰德架上乃是邺架之译语，不匆匆则对匆匆而言，鄙人写信末尾常着此二字，故偶开玩笑耳。此类甚多，不一一注释，以免烦杂。再说其一是关于别号及刻印等事的，七月二十七日信云：

颙兄：手示敬悉。昨电话中佟公云，有水不好走，我初以为是官衣库也，岂知有蛙鸣之现象乎（此句太欠亨了）。如再有两三日之晴，当拜访，意者彼时该蛙或已回避乎。劭西同乡视尔如莜氏之书，去冬为敝人所暂时（双行原注，此二字必不可少，不然，将有损于敝人之名誉也）干没，拜访时当亲自赍呈也。上周为苦雨周（双行注，苦雨二字之旁无私名号，盖非指苦雨斋也），路滑屋漏，皆由苦雨之故也。然曾于其时至中华书局之对过或有正书局之隔壁，知张老丞已来，仍可刻印，且仍可刻苦雨斋式之印也。岂不懿欤。弟将请其刻疒叟一印也（双行注，但省鲍山二字，因每字需一元五毛也）。弟烨顿首。

这信里的书是指湘潭罗典的《读诗管见》，中多希奇古怪的解说，太炎先生谓其解莜为大头菜，以是哄传于时，实乃不然。又一信云：

径启者：日前以三孔子赠张老丞，蒙他见赐疒叟二字，书体似颇不恶，盖颇像百衲本廿四史第一种（宋黄善夫本《史记》）也。惟看上一字似应云，象[1]人高踞床阑干之颠，岂不异欤。老兄评之以为何如。此致知翁，专此顺颂日祉。

弟痩上，（疒叜印）八月六日。

这信体裁特殊，在此致之后又有专此，盖出于模拟，有所讽刺，如上边意表之外及敝人云云亦皆是。关于此别号，尚须引用前一年的信以为说明：

苦雨翁：多年不见了，近来颇觉蛤蜊很应该且食也，想翁或亦以为然乎！我近来颇想添一个俗不可耐的雅号，曰鲍山疒叜。鲍山者确有此

【锺校】

①“象”原作“众”。

山，在湖州之南门外，实为先六世祖（再以上则是逸斋公矣）发祥之地，历经五世祖、高祖、曾祖，皆宅居该山，以渔田耕稼为业，逮先祖始为士而离该山而至郡城。故鲍山中至今尚有一钱家浜，先世故墓皆在该浜之中。

我近来忽然摅怀旧之蓄念，发思古之幽情，故拟用此二字，至于疒叜二字，系用《说文》及其更古（实是新造托古）之义也。考《说文》，疒，倚也。人有疾痛，象倚着之形。叜，古甲骨文，象人手持火炬在屋下也。盖我虽躺在床上，而尚思在室中寻觅光明，故觉此字甚好。

至于此字之今义，以我之年龄而言，虽若稍僭，然以我之体质言，实觉衰朽已甚，大可以此字自承矣，况宋有刘羲叟、孙莘老、魏了翁诸人，古已有之乎（此三公之大名恐是幼时所命也）。又疒叟二字合之为一瘦字，瘦雅于胖，故前人多喜以癯字为号，是此字亦颇佳也。且某压高亢之人，总宜茹素而使之消瘦，则我对于瘦之一字亦宜渴望之也。因惮于出门，而今夕既想谈风月，又喜食蛤蜊，故遣管城子作鳞鸿（天下竟有如此之俗句，得不欲作三日呕乎！），以求正于贵翁，愿贵翁有以教之也。又《易经》中有包有鱼一语，又拟援叔存氏之高祖之先例（皖公山中之一人称为完白山人），称为——包鱼山人，此则更俗矣。饼斋和南。一九三七、八、二十。

案末署年月原系亚剌伯数字。信中“某压高亢”，即谓血压，仿前人回避违碍字样之例，以某字代之，说话时常如此，此即其一例。又二十七年十一月信云：

箧翁：那个值二毛五的逸谷老人（案逸字原作篆文，而兔字末笔蜷曲）我觉得那兔子的脚八丫子太悲哀了，颇不舒服，且逸谷之名我尚爱之，尚不愿对于不相干的人随便去用他，故所以改为怡谷老人也。非欲对于汪老爷做文抄公，其实还是该老爷做了文抄公，因为在我六岁之时我的伯母死了，常熟方面不知我名，妄意红履公名恂，则我当名怡，讣文上遂刻曰功服夫侄怡拉泪稽首，彼时我尚不知该钱怡为谁也。查此是光绪十九年事，而汪老爷则本名仪，宣统元年乃改名怡，岂非他做了文抄公乎。后阅十年，忽然要来用他（案此指钱怡二字，饼斋在东京留学时，学籍上系用此名），遂用了三四年，彼时取光复派之号曰汉一，与怡之义固无关也。自谒先老夫子，乃知古人名字相应，又从汉一而想到夏字，而怡遂废矣（实是不喜此名也）。此名既为我所不喜，而又不能不算是我，故今即用怡谷老人四字以对付不相干之人来叫我写字时之用。不能不算是我，亦不能就算是我，此不即不离之办法，似乎颇妙也。于是前日跑到东安市场之文华阁，嘱其磨去重刻，又花了我一角五分之多也。然而此回却上当了。因为刻了来仔细一看，原来他拿了刻四个字的钱而只刻了一个字也。盖刻者想得很巧妙，他只磨去逸字，改写怡字，而谷老人三字就把他再刻深了一点，细看谷字之口便窥破其秘密矣。呜呼！此商人两鞋之所以应该一只白色一只黑色欤！猗欤，休哉！妙在此章本不要其好，因为用给不相干的人也。介子推曰，身将隐，焉用文之，吾谓名将隐，焉用工之也。兹将该蹩脚（其实脚倒不蹩了）图章打一个奉上，请烦查照，至纫镾谊，但请勿将立心旁改为竹头也。手请杯安。弟[1]笊暗。十一月十五灯下。

在镾与笊字右角上各有一星印，分别有注释，其一云：

此字周秦印章作鉨及坾及尔，说文作玺及壐，唯寿印丐作镾，非古也，此从之，非。

其二云：

【锺校】

①“弟”原作“第”。

案此字误。箈非籲字省文，乃箍字之异体也，箍乃箍桶匠之箍，又唐僧对于孙行者所念紧箍咒之箍也。

商人两鞋一白一黑，见太炎先生著《五朝法律索隐》，初登《民报》上，后收入《文录》卷一，据《晋令》曰，侩卖者皆当着巾，白帖额，言所侩卖及姓名。我们谈话后来亦常说白帖额人，此典故在三数《民报》社学生外殆少有人使用也。上边的两封信照例多有游戏分子，但其精神则仍是正经，尝见东欧文人如《狂人日记》及《死魂灵》作者果戈里，《乐人扬珂》与《炭画》作者显克微支，皆人极忧郁而文多诙谐，正如斯谛普虐克所云，滑稽是奴隶的言语，此固与饱食终日，无所用心，或言不及义，所表示的那种嘻嘻哈哈的态度绝异。中国在过去多年的专制制度之下，文化界显出麻木状态，存在其间的只有陋劣的假正经与俗恶的假诙谐，若是和严正与忧郁并在的滑稽盖极不易得，亦复不能为人所理解，饼斋盖庶几有之，但只表现于私人谈话书札间，不多写为文章，则其明哲又甚可令人佩服矣。

十二月间寄来数信，二日信系谈法梧门的堂堂堂者，末有云：

弟昨日忽觉左口与右手麻木，至今未愈，殊

觉悲哀，意者其半身不随（双行注，北平人读遂为平声）之序幕欤。

又廿二日寄两信，其一谢赠与写经笔，其一说赠人新婚贺联事，在后者末尾云：

我日来痰裹火（案此三字原用罗马字拼音），呛得殊苦。

诉病苦的话渐多，却仍是那么一种爽朗的态度。廿八年一月上半月曾有两信，已记在《玄同纪念》文中，兹不复赘，但在其中只可以见其富有人情，若上文所云的诙谐则亦无暇表见矣。

（民国三十四年七月十二日，记于北京）

实庵的尺牍[1]

陈独秀先生初名仲，字仲子，通称仲甫，民国六年来北京大学任文科学长，名为独秀，其后在《东方杂志》上写关于文字学的文章署名实庵，今沿用之。仲甫来信今于纸堆中检得十六封，皆是民七至民十这四年中所寄。七、八两年因为在校常见面，故信只四通，用文科学长室信封，都无年月，大抵是关于《新青年》的，今汇录于下：

其一

《新青年》稿纸弟处亦不多，乞向玄同兄取用。此复启明先生。弟独秀白。

其二

五号《新青年》之勘误表（关于大作者），

【锺校】

①尺牍编号已至第十六通，其六、八、九、十四等四通原刊即缺。

希即送下，以便汇寄。此上启明兄。

弟独秀。

其三

《新青年》六卷一号稿子，至迟十五日须寄出，先生文章望早日赐下。商务出版书事，已函询编译处高一涵君矣。

所云出版书，大概即是当初的“大学丛书”也。

其四

启明先生左右：

大著《人的文学》做得极好，唯此种材料以载月刊为宜，拟登入《新青年》，先生以为如何？周刊已批准，定于本月二十一日出版，印刷所之要求，下星期三即须交稿（唯纪事文可在星期五交稿）。文艺时评一栏，望先生有一实物批评之文。豫才先生处，亦求先生转达。此颂健康。弟独秀，十四日。

这里写有日子，是七年十二月的事，我于七日写了那篇《人的文学》，后来改写《平民的文学》，与《论黑幕》一文，先后在《每周评论》第四、五两期上发表。这种评论共总出了三十六期，至八年八月三十日被禁止出版。是年夏间学生运动发作，“五四”之后继以“六三”，《每周评论》甚为出力，仲甫据说在市场发什么传单，被警察所捕，其时大概是六月十一日。查旧日记云：

六月十四日，同李辛白王抚五等六人至警厅访仲甫，不得见。

九月十七日，知仲甫昨出狱。

十八日下午，至箭竿胡同访仲甫。

隔了十几天，又记着一项云：

十月五日，至适之处议《新青年》事，自七卷起由仲甫一人编辑。

仲甫自此离开北京，在上海及广州办《新青年》，所以九年寄来的信都从上海来的，今择录数通于后：

其五

启明兄：

五号报去出版期（四月一日）只四十日，三月一日左右必须齐稿，《一个青年的梦》望豫才先生速将全稿译了，交洛声兄寄沪。六号报打算做劳动节纪念号，所以不便杂登他种文章。《青年梦》是四幕，大约五号报可以登了。豫才先生均此不另。弟仲上，二月十九夜。

我很平安，请兄等放心，见玄同兄请告诉他。

其七

二月廿九日来信收到了。《青年梦》已收到

了，先生译的小说还未收到。重印《域外小说集》的事，群益很感谢你的好意。《新青年》七卷六号的出版期是五月一日，正逢Mayday佳节，故决计做一本纪念号，请先生或译或述一篇托尔斯泰的泛劳动，如何？

守常兄久未到京，不知是何缘故？

昨接新村支那支部的告白，不知只是一个通讯机关，或有实际事业在北京左近，此事请你告诉我。我们很盼望豫才先生为《新青年》创作小说，请先生告诉他。

前回有一信寄玄同兄，不知收到否，请你见面时问他一声，我很盼望他的回信。三月十一日。

（案，信中上下款均略，以下同。）

其十

本月六日的信收到了。我现在盼望你的文章甚急，务必请你早点动手，望必在二十号以前寄到上海才好，因为下月一号出版，最后的稿子至迟二十号必须交付印局才可排出。豫才先生有文章没有，也请你问他一声。玄同兄顶爱做随感录，现在怎么样？七月九日。

其十一

两先生的文章今天都收到了。《风波》在这号报上印出，先生译的那篇，打算印在二号报上，一是因印刷来不及，二是因为节省一点，免得暑天要先生多写文章。倘两位先生高兴要再做一篇在二号报上发表，不用说更是好极了。玄同兄总是无信来，他何以如此无兴致？无兴致是我们不应该取的态度，我无论如何挫折，总觉得很有兴致。八月十三日。

其十二

十五日的明信片收到了。前稿收到时已复一信，收到否？《风波》在一号报上登出，九月一号准能出版。兄译的一篇长的小说请即寄下，以便同前稿都在二号报上登出。稿纸此间还没有印，请替用他纸，或俟洛声兄回京向他取用，此间印好时也可寄上，不过恐怕太迟了。八月廿二日。

鲁迅兄做的小说，我实在五体投地的佩服。

其十三

二七来信已收到了。先生的文章当照来信所说的次序登出。渔阳里是编辑部，大自鸣钟是发行部，寄稿仍以渔阳里二号为宜，只要挂号，中邮也无妨。玄同兄何以如此无兴致，我真不解，请先生要时常鼓动他的兴致才好。请先生代我问候他。

《新青年》一号出版，已寄百本到守常兄处，转编辑部同人，已到否？九月四日。

其十五

二号报准可如期出版。你尚有一篇小说在这里，大概另外没有文章了，不晓得豫才兄怎么样？"随感录"本是一个很有生气的东西，现在为我一人独占了，不好不好，我希望你和豫才玄同二位有工夫都写点来。豫才兄做的小说实在有集拢来重印的价值，请你问他，倘若以为然，可就《新潮》《新青年》剪下自加订正，寄来付印。中秋后二日。

（案，查上海邮局印记是九月廿九日。）

其十六

久不接你的来信，近几天在报上看见你病的消息，不知现在可好点没有？我从前也经过很剧烈的肋膜炎症，乃以外敷药及闭目息念静坐治好了，现在小发时，静坐数十分或一点钟便好了，稍剧烈便须敷药，已成慢性，倒无大妨碍了。现在最讨厌的，却是前年在警察厅得来之胃肠病，现在为他所缠扰，但还不像先生睡倒罢了。先生倘好一点能写信时，请复我数行，以慰远怀。弟独秀，六月廿九日。

这是民国十年的来信，从广州发出，用的是广东全省教育委员会用笺，那时《新青年》社移在广州，仲甫在那会里大概也有任务，或者是个委员吧。我于九年年底患肋膜炎，在家卧病三月，住医院两月，在香山碧云寺养病四月，至九月末始回家，仲甫寄这封信的时候，我正在写《山中杂信》，其三的末尾正署着六月廿九日。这信是寄给豫才转交的，我在下山之后才看见，所以山中日记上不曾记有收信的日子，但在八月廿九日、九月廿六日项下均有得仲甫来信的记录，原函却都已找不着了，所以这里可以抄录的也就只得以此为止了。

（乙酉八月廿九日）

曲庵的尺牍

曲庵是刘半农先生晚年的别号。他故意的取今隶“農”字的上半，读作曲字，用为别号，很有点诙谐的意味，此外有无别的意思却不曾问过，反正他不会唱曲，或者多少利用曲辫子的典故亦未可知，但现在总也已无可考了。半农于民国六年秋来北京大学，比我要迟五个月，以后直至二十三年，在这期间中书信往来很是不少，在故纸堆中都还存在，但是一时不易找寻，这回偶然看到几封，计八年一月的三封，九年一月的两封，重读一过，今昔之感所不待言，也觉得很有意思，抄录下来可以作为纪念。八年二信皆游戏之作，甲一笺云：

> 新著二篇，乞六兄方家正之。弟□□顿，戊午十二月初三日。

别附一纸，题云《唐风楼金石文字跋尾补》，第一篇为《钱玄同贺年柬跋》，其文云：

此片新从直隶鬼门关出土，原本已为法人沙君畹携去，余从厂肆中得西法摄影本一枚，察其文字雅秀，柬式诙诡，知为钱氏真本无疑。考诸家笔记，均谓钱精通小学，壬子以后变节维新，主以注音字母救文字之暂，以爱世语济汉字之穷，其言怪诞，足滋疑骇，而时人如刘复唐俟周作等颇信之。今柬中正文小篆，加注音字母，而改其行式为左右横读，略如佉卢文字，是适与钱氏所主相合，且可定为出于壬子以后。柬中有八年字样，论者每谓是奉宣统正朔，余考钱氏行状，定为民国纪元，惟钱氏向用景教纪元，而书以天方文字，此用民国，盖创例也。又考民国史新党列传，钱尝谓刘复，我虽急进，实古今中外派耳。此片纵汉尺三寸，横四寸许，字除注音字母外仅一十有三，而古今中外之神情毕现，可宝也。

第二篇为《徐□□名刺跋》，今从略。乙无笺牍，唯以二纸粘合如卷册，封面题签云《昭代名伶院本残卷》，本文云：

（生）咳，方六爷呀，方六爷呀，（唱西皮慢板）你所要，借的书，我今奉上。这其间，一本是，俄国文章。那一本，瑞典国，小曲滩簧。

只恨我，有了他，一年以上。都未曾，打开来，看个端详。（白）如今你提到了他，（唱）不由得，小半农，眼泪汪汪。（白）咳，半农呀，半农呀，你真不用功也。（唱）但愿你，将他去，莫辜负他。拜一拜，手儿呵，你就借去了罢。（下）

后有跋四行云：

右京都名伶谭鑫培《方六借书》曲本残卷二叶，余于厂肆中得之。大汉天声，于今绝响，摩挲一过，如见龟年，诵黍离麦秀之章，弥增吾痛。时维宣统十年戊午腊八日夜二鼓，□□□呵冻。

卷首以红墨水画一方印，文曰，藏之名山传诸其人。查八年旧日记一月项下云："十日，阴，上午往校，得半农函，俄国禁书一册。"案此系红纸面英文书，集译长短小说数篇，记得其中有高尔基所作以鹰为题材的小品，又有一文题曰《大心》，记一女子的事情，董秋芳君曾全部译出，似亦已出版。瑞典国的小曲滩簧日记中不知何以不载，今亦忘记其为如何书物矣。故友中饼斋写信喜开玩笑，曲庵亦是如此，而稍有不同，简率的一句话，饼斋究竟是经师，而曲庵则是文人也。半农遗稿《双凤凰砖斋小品文》之四十五，题曰《记砚兄之称》，其文云：

> 余与知堂老人每以砚兄相称，不知者或以为儿时同窗友也。其实余二人相识，余已二十七，岂明年三十三。时余穿鱼皮鞋，犹存上海少年滑头气，岂明则蓄浓髯，戴大绒帽，披马夫式大衣，俨然一俄国英雄也。越十年，红胡入关主政，北新封，《语丝》停，李丹忱捕，余与岂明同避菜厂胡同一友人家。小厢三楹，中为膳食所，左为寝室，席地而卧，右为书室，室仅一桌，桌仅一砚。寝，食，相对枯坐而外，低头共砚写文而已，砚兄之称自此始。居停主人不许多友来视，能来者余妻岂明妻而外，仅有徐耀辰兄传递外间消息，日或三四至也。时为民国十六年，以十月二十四日去，越一星期归，今日思之，亦如梦中矣。

这篇文章写得很好，留着好些半农的神气，其时盖在民国廿二年，年四十三矣，若在写信那时则正穿鱼皮鞋子，手持短棍，自称摆伦时也。又其时正属《新青年》时代，大抵以五四为中心前后数年，约计自民六至民十，此六七年间改革空气起于文化界各方面，而《新青年》实为前驱，论文之外有《随感录》尤为精锐，对于陈旧物事无所不攻，亦攻无不破，写作者甚多，最有力者独秀玄同半农，馀悉在其次。《随感录》的目标既无限制，虽然当时所攻击者只是旧道德旧文学以及旧剧，其手法亦无限制，嬉笑怒骂，无所不可，宁失之苛，不可轻纵，后来回顾颇有幼稚处，唯其时对于遗老遗少实只有敌意，也是莫怪的。同年四月十九日鲁迅的一封信偶然找到，是寄往东京给我的，其中有云：

见上海告白，《新青年》二号已出，但我尚未取得，已函托爬翁矣。大学无甚事，新旧冲突事已见于路透电，大有化为世界的之意。闻电文系节述世与禽男函文，断语则云可见大学有与时俱进之意，与从前之专任旧人办事者不同云云，似颇阿世也。

其时《新青年》的所为文化运动渐发生影响，林琴南凭借了《公言报》竭力反抗，最初是那篇致北大校长蔡孑民的长信，随后继续写《蠡叟丛谈》，影射诅骂，已极恶劣，至《荆生》一篇，则思借武力以除灭异己，露出磨牙食人之凶相，旧文人的真形乃显露无遗矣。半农的信件里所挖苦的虽然并不就是林纾，总可以窥见这边作风之一斑，嬉笑怒骂，多弄诙谐，即使有时失之肤浅，也总没有病态与尸气。在《新青年》上曾有一次故意以白话直译文言尺牍，如道履译为道德的鞋子，幸甚幸甚译为运气极了运气极了，可为一例。拿来与对方比较，显然看出不同来，那种跳踉欲噬的态度不但证明旧文人的品格堕落，也可想见其前途短促，盖唯以日暮途穷，乃倒行而逆施也。

但是曲庵的信却也不是老是那么开玩笑的。九年一月的两封所说的都是正经事，甲是五月从上海新苏台旅馆寄来的快信，其文云：

起孟兄：承你和你夫人写信来给我们夫妇贺年，我们要谢谢你。

现在我有一件事，要和你同你哥哥豫才先生商量。从前你们昆仲向我说过，想要翻译外国文学上的作品，用小本子一本一本的出版。我很赞成这个意思，可是我们都是秀才造反，十年不成，所以提议了多次，终于没有具体的办法。我到了上海，有一天忽然自己想到，我是个研究文学的人，近两年来对于介绍西方文学的事业实在太冷淡，太不长进，应得竭力振作，切切实实的做一番。于是我就想到，介绍西方文学是件极繁重的事，为翻译者、出版者、读书者三方面的轻而易举起见，与其介绍长篇，不如介绍短篇。从这一个大前提上，我就生出一个具体的计划，打算编起一部《近代文艺小丛书》来。这部丛书，就我的意见，打算分为甲乙丙三集，各集的材料大致如下：

甲集，文艺的本体，凡各人的小说、诗歌、戏剧等属之。

乙集，议论文艺的东西，凡传记、批评、比较谈等属之。

丙集，文艺的关系物，如音乐、雕刻、绘画、歌谣等，虽非文学的本体，而实与文艺可以互相参证或发明者属之。在这样的计划中，我自定的主要办法如下：

一、译而不作。

二、稿件以名人著作为限（乙丙两集之材料亦然）。

三、篇幅不过长。

四、每集之册数无定（甲集之册数当然多于乙丙）。

五、各集各册均为独立性质，故译编之孰先孰后可依便利排比，不必预先用一番目录功夫。

即将来全书能出到几种，亦可听其自然。此盖因有人虽然天天在那儿说，要如何编一百种剧目，要如何在两年之内，邀集真懂英文之人，翻若干有用的书，则其实还是空谈目录，反不如我辈切切实实能做得一步便是一步也。

以上所说起初只是我一个人的空想，能不能做成尚在虚无飘缈之间。不料今天群益的老板陈芝寿先生来同我谈天，我同他一谈，他就非常高兴，极愿意我和贤昆仲三人把这事完全包办下来。于是我就和他正式谈判，其结果如下：

一、编制法可完全依我的主张。

二、书用横行小本，其印刷法以精美为条件，我等可与斟酌讨论，他必一一依从。

三、各书取均价法，大约每本自四十页至八十页，定价全是一角至二角。若篇幅特长，在八十页以上者则分订两本。

四、出版人对于编译人，处置稿件之法，可于下三项中任择其一。甲、版权共有，即你的《欧洲文学史[①]》的办法。乙、租赁版权，即规定在若干部之内，抽租值若干，过若干部则抽若干。丙、收买版权。

启明！我们谈到了这一步，你可以知道，这不是群言性质，是及义性质了。我希望你们昆仲帮我忙，做成这件事。因为我想，我们没有野心

【锺校】

① 原无“史”字，今增。

没有作用的人，借着这适宜的办法，来实行我们的纯洁的文艺介绍，不可以不算是一个很好的机会。你的意思怎么样？务必请你用快信回复我，使我可以就近同他议妥一切。（我大约十号左右回江阴，所以要你写快信。）若是你不是根本上不赞成，则对于各小条件上的商议也请详细示知，因为这是极容易办的。

我还有五层意见，虽然还没有同该老板谈及，却可以预先向你斟酌定妥了，随后向他提出。

一、我打算每年出书至少十二册，即每人至少四册，三个月一册。其每年各书之名目，即于每年开始时，通信规定。

二、我以为对于处分版权的三种办法，以收买较为直捷而少流弊。所以我的意思，每种要求他二百五十元的酬金，字数约在三万至六万间。但将来我们如要刻全集，其印刷权仍要保存。

三、我们取急进主义，若商量较有进步，即与订约，在《新青年》上发表编辑趣旨。

四、订约以出书五十本为最少数。

五、非得我等三人之同意，不许他人加入稿件。此非专卖性质，乃恐无聊人来捣乱也。

如何如何，速速复我。弟复。

第二封信是一月二十七日由江阴所寄，继续说出丛书这事，里边有一条云："书名决用《近代文艺丛书》，删去小字。"大概是根据我去信的意见而修改的。此外各项细则都已规定，似即可订约，而且信中又说明他的稿件有《王尔德短篇十种》及《屠格涅夫散文诗》，四月七月可以分交，可是这丛书的计划终未实现，书也一册都未曾出版。这是怎么的呢？半农于是年春间带了家眷往欧洲去留学，一去数年，这丛书计划所以也就因此而停顿了。查旧日记载三月十日得半农十六日啤南函，可知其自上海启行当在二月上旬，以后国外通信都在故纸中，尚未找出，只有一厚本自英国寄来者，存在板箱内。此系用蓝格洋纸订成，面题"刘复写给周作人的信"，下署一九二一年一月十五日，凡八十五纸，每纸横行二十三行，每行约二十二字，系谈论整理歌谣的事，虽说是信，实在是一大篇论文，共约五万言，至今无法发表，将来若有人编半农逸稿者，当以奉呈耳。

（民国三十四年八月二十七日）

【附记】 九年一月五日的来信系用"新苏台旅馆"的信封，背面印有红字广告五行云：

本旅馆冬令设备格外完全，各房间茶壶一律均用炭基炉，若厌手冷，有西洋橡皮热水袋，若厌脚冷，有嘉兴铜脚炉。虽在旅店，却与家庭无二，务乞各界光顾。

其文颇有趣，因附录于此，若以举似曲庵，亦必绝倒也。

又，这里所录系早期的尺牍，而用晚年的别号为题者，因曲庵之名更有谐趣，与内容更相称耳。

（廿八日再记）

过去的工作

我写文章，算自前清光绪乙巳起手，于今已四十年，这里可以分作前后两节来看。前二十年喜欢讲文学，多翻译弱小民族及被压迫的国家的作品，以匈加利、波兰及俄国为主，但是后来渐渐觉得自己不大懂得文学，所以这方面的贩卖[①]店也关了门了。这以后对于文化与思想问题稍为注意，虽然本来还是从文学转过来的，可是总有些不同，谈文学须是文人，现在只以一个凡人的立场也可以来谈，所以就比较自由得多了。我所注意，所想要明白的事情只是关于这几国的，即一是希腊，二是日本，其三最后却最重要的是本国中国。

在十五六年前，适值北京大学三十二周年纪念，发刊纪念册，我曾写过一篇小文，题曰“北大的支

【锺校】

①“卖”原作“买”。

路”，意思是说于普通的学问以外，有几方面的文化还当特别注重研究，即是希腊、印度、亚剌[1]伯与日本。大家谈及西方文明，无论是骂是捧，大抵只凭工业革命以后的欧美一两国的现状以立论，总不免是笼统，为得明了真相起见，对于普通称为文明之源的古希腊非详细考察不可，况且他的文学哲学自有其独特的价值，据愚见说来其思想更有与中国很相接近的地方，总是值得萤雪十载去钻研他的。可是这事知与行都不容易，我虽然觉得对于希腊仿佛也有甚么负债，但总还努力不够，不能做出一点功绩来。在过去时中以很大的苦辛克服了自己的懒与拙，才译出了一册海罗达思的《拟曲》，又译了亚坡罗陀洛思的《神话》，注释却是因事中止，至今未曾续写，毛估一下总还有十五万字，这也时时想起来，是一件未完的心愿，有如欠着一笔陈年债，根据杀人偿命、欠债还钱的老话，终是非偿还不可的。除了为做注释的参考用以外无甚用处的书籍，如汤卜生的《希腊鸟类名汇》之类，站在书架上，差不多[2]是一种无言的催促，我可是还未能决心来继续写下去。近两年内所写杂文中，

【锺校】

①“剌”原作“刺”，下同。

②“多”原作“足”。

只有一篇《希腊之馀光》，算是略为点缀，这种秀才人情固甚微薄，但总是诚实的表示，即对于希腊仍是不忘记也。

我谈日本的事情可以说是始于民国七年，在北京大学文科研究所与胡适之刘半农二君担任小说组，五月间写《日本近三十年小说之发达》一文，讲演一过，这可以算是起头。以后写了不少文章，一直到民国二十六年六月，给《国闻周报》写《日本管窥之四》，这才告一结束，尝戏称为日本研究小店的关门卸招牌，也正是实在的事。我们谈日本文化，多从文学艺术方面着眼，可以得到很好的结论，这固然也是对的，可是他的应用范围也有限制，不能不说是一缺点。文化研究的结论有如一把钥匙，比得不好一点，正如夜行人所用的万应钥，能够开一切的锁，这才有用，假如这结论应用在文学艺术上固然正好，但是拿去解释同一国民的别的行动便不适合，那么这里显然是有毛病，至少是偏而不全，即使这可以代表贤哲，而不曾包括英雄与无赖在里边，总之是不能解释全部国民性，亦即不得算是了解。我觉得自己二十年来的考察便是如此，文学艺术上得来的意见不能解释日本的别的事情，特别是历来对华的政治行动，往往超出情理之外，既有了这些深刻的反证，我自不能不完全抛弃以前关于日本文化的意见，声明无所知，此即是《管窥之四》的要点。一面我提出推测的意见，以为要了解日本国民性，或当从其特殊的宗教入手，但是我与宗教无缘，所以结果只好干脆断念，我的徒劳的日本文化研究因此告一段落。

对于本国的事自然更是关心，这与注意别国事情，当作学问去讲者有点不同，所以不会得揑揑放放，即使遇着不懂为难的地方也不至于中途放弃，虽然目的与倾向的变动或是有的。最初的主张未必真是简单的文学救国，总之相信文学之力，以为要革命或改造，可以文学运动为基本，从清末起以至在《民报》及《新青年》上写文章始终是这样，这或者不算怎么错，但是后来也有转变了。民国八年《每周评论》发刊后，我写了两篇小文，一曰《思想革命》，一曰《祖先崇拜》，当时并无甚么计划，后来想起来却可以算作一种表示，即是由文学而转向道德思想问题，其攻击的目标总结拢来是中国的封建社会与科举制度之流毒。

严格的说，中国封建制度早已倒坏了，这自然是对的，但这里普通所说的封建并不是指那个，实在只是中国上下存在的专制独裁体制，在理论上是三纲，事实上是君父夫的三重的神圣与专横。中国的思想本有为民为君两路，前者是老百姓的本心，为道家儒家所支持，发达得很早，但至秦汉之后君权偏重，后者渐占势力，儒家的不肖子孙热心仕进，竭力为之鼓吹，推波助澜，不但君为臣纲是天经地义，父与夫的权威也同样抬高，本来相对的关系变为绝对，伦理大见歪曲，于是在国与家里历来发生许多不幸的事。一面又因为考试取士，千馀年来文人养成了一套油腔滑调，能够胡说乱道，似是而非，却也说的圆到，仿佛很有道理，这便是八股策论的做法，拿来给强权帮忙，吠影吠声的闹上几百年，不但社会人生实受其害，就是书本上也充满了这种乌烟瘴气，至今人心还为所熏染，犹有馀毒，未能清除。近代始有李卓吾、黄梨洲、俞理初等人出来，加以纠正，至民国初年《新青年》之后有新文化运动兴起，对于旧礼教稍有所检讨，而反动之力更为盛大，旋即为所压倒，民国成立已三十馀年，民主的思想——特别是中国的固有的民为贵，为人民子媳妻女说话的思想，绝未见发达，至可惋惜。我平常很觉得历史的力量之可怕，中国虽然也曾努力想学好，可是新的影响质与量都微少，混到旧东西里面便有如杯水车薪，看不出来了。假如冷静的考察一下，则三纲式的思想，八股式的论调，依然如故，只是外边涂了一层应时的新颜色罢了。就是明清以来的陈腐思想，如因道教迷信而来的果报，因考试热中而起的预兆占卜，根据多妻制的贞节观念，在现今新式士大夫中间还是弥漫着，成为他们的意见与趣味的基本，与金圣叹所诃斥的秀才并无两样。照这样情形，大家虽然力竭声嘶的呼号民主化，殊有从何处化起之感，结果还是由于思想革命尚未成功，凡是关心中国前途者宜无不知于惧思，而思有所努力者也。但是启蒙纠缪，文字之力亦终有所限，故知与行须当并重。中国现在要紧的有两件事，即伦理之自然化，道义之事功化，只可惜我们此刻也只能写文章，提倡事功亦是谈谈而已，于世间不能发生一点影响，所可能者但在自励，勿学士大夫之专工趋避，徒知说话耳。

因为是自己的本国，关心更切，所知也更深，对于将来种种问题，常是喜①过于惧，虽炳烛著书，未能尽其什一之意，近年写《汉文学的传统》小文数篇，多似老生常谈，而都以中国人立场说话，尚不失为平实。我们虽生于东方，印度与亚剌伯的文字文化竟无力顾及，但能少少涉猎希腊日本的事情，亦只浅尝而止，昔日所言终未能实践其半，关于中国徒有隐

【锺校】

①“喜”字疑误。

忧，不特力不从心，亦且言不尽意，回顾过去的努力不过如此，其用处又复如何，此正是不可知的事，惟并不期望其有用而后始能安心的做下去，则其魄力度量须过于移山的愚公始可耳，我辈凡人能否学到几分，殆是大大的疑问也。

[乙酉（一九四五年）九月三十日]

两个鬼的文章

鄙人读书于今五十年，学写文章亦四十年矣，累计起来已有九十年，而学业无成，可为叹息。但是不论成败，经验总是事实，可以说是功不唐捐的，有如买旧墨买石章，花了好些冤钱，不曾得到甚么好东西，可是这双眼睛磨炼出来一点功夫，能够辨别好坏了，因为他知道花钱买了些次货，即此便是证据。我以数十年的光阴用在书卷笔墨上面，结果只得到这一个觉悟，自己的文章写不好，古人的思想可取的也不多。这明明是一个失败，但这失败是很值得的，比起古今来自以为成功的人，总是差胜一筹了。陆放翁《冬夜对书卷有感》诗中有句云："万卷虽多当具眼，一言惟恕可铭膺。"这话说得很好，可是两句话须是分开来说，恕字终身可行，是属于处世接物的事，若是读书既当具眼，就万不能再客气，固然不可故意苛刻，总之要有自信，看了贵人和花子同样不眨眼的态度。以前读《论语》，多少还徇俗论，特别看重他，近来觉得这态度不诚实，就改正了，黄式三的《论语后案》我以为颇好，但仔细阅过之后，我想这也是诸子之一，与老庄佛经都有可取处，若要作为现代国民的经训缺漏甚多，虽然原是儒家思想的重要史料。看古人的言论，有如披沙拣金，并不是全无所得，却是非常苦劳，而且略不当心，便要上当，不但认鱼目为明珠，见笑大方，或者误食蟛蜞，有中毒之危险。我以多年的苦辛，于此颇有所见，古人云，只可自怡悦，不堪持赠君，今则持赠固难得解人，中国事情想来很多懊恼，因此亦不见得可怡悦。只是生为中国人，关于中国的思想文章总该知道个大概，现在既能以自力略为辨别，不落前人的窠臼，未始不是可喜的事也。

我所写的文章都是小篇，所以篇数颇多，至于自己觉得满意的实在也没有，所以文章是自己的好，这句成语在我并不一定是确实的。人家看来不知道是如何？这似乎有两种说法。其一是说我所写的都是谈吃茶喝酒的小品文，不是革命的，要不得。其二又说可惜少写谈吃茶喝酒的文章，却爱讲那些顾亭林所谓国家治乱之原，生民根本之计，与文学离得太远。这两派对我的看法迥异，可是看重我的闲适的小文，在这一点上是意见相同的。我的确写了些闲适文章，但同时也写正经文章，而这正经文章里面更多的含有我的思想和意见，在自己更觉得有意义。甲派的朋友认定闲适文章做目标，至于别的文章一概不提，乙派则正相反，他明白看出这两类文章，却是赏识闲适的在正经文章之上。因为各人的爱好不同，原亦言之成理，我不好有甚么异议，但这一点说明似乎必要。我写闲适文章，确是吃茶喝酒似的，正经文章则仿佛是馒头或大米饭。在好些年前我做了一篇小文，说我的心中有两个鬼，一个是流氓鬼，一个是绅士鬼。这如说得好一点，也可以说叛徒与隐士，但也不必那么说，所以只说流氓与绅士就好了。我从民国八年在《每周评论》上写《祖先崇拜》和《思想革命》两篇文章以来，意见一直没有甚么改变，所主张的是革除三纲主义的伦理以及附属的旧礼教旧气节旧风化等等，这种态度当然不能为旧社会的士大夫所容，所以只可自承是流氓的。《谈虎集》上下两册中所收自《祖先崇拜》起，以至《永日集》的《闭户读书论》止，前后整十年间乱说的真不少，那时北京正在混乱黑暗时期，现在想起来，居然容得这些东西印出来，当局的宽大也总是难得的了。但是杂文的名誉虽然好，整天骂人虽然可以出气，久了也会厌足，而且我不主张反攻的，一件事来回的指摘论难，这种细巧工作非我所堪，所以天性不能改变，而兴趣则有转移，有时想写点闲适的所谓小品，聊以消遣，这便是绅士鬼出头来的时候了。话虽如此，这样的两个段落也并不分得清，有时是综错间隔的，在个人固然有此不同的嗜好，在工作上也可以说是调剂作用，所以要指定那个时期专写闲适或正经文章，实在是不可能的事。去年写过一篇《灯下读书论》，与十七年所写的《闭户读书论》相比，时间相隔十有六年，却是同样的正经文章，而在这中间写了不少零碎文字，性质很不一律，正是一个好例。

民国十四年《雨天的书》序中说：

> 我平素最讨厌的是道学家，岂知这正因为自己是一个道德家的缘故。我想破坏他们的伪道德不道德的道德，其实却同时非意识地想建设起自己所信的新的道德来。

三十三年《苦口甘口》序中又云：

> 我一直不相信自己能写好文章，如或偶有可取，那么所可取者也当在于思想而不是文章。总之我是不会做所谓纯文学的，我写文章总是有所为，于是不免于积极，这个毛病大约有点近于吸大烟的瘾，虽力想戒除而甚不容易，但想戒的心

也常是存在的。

这也可以算作一例，其间则相差有二十个年头了。我未尝不知道谦虚是美德，也曾努力想学，但又相信过谦也就是不诚实，所以有时不敢不直说，特别是自己觉得知之为知之的时候，虽然仿佛似乎不谦虚也是没有法子。自从《新青年》《每周评论》及《语丝》以来，不断的有所写作，我自信这于中国不是没意义的事，当时有陈独秀钱玄同鲁迅诸人也都尽力于这个方向，现今他们已经去世了，新起来的自当有人，不过我孤陋寡闻不曾知道。做这种工作并不是图甚么名与利，世评的好坏全不足计较，只要他认识得真，就好。我自己相信，我的反礼教思想是集合中外新旧思想而成的东西，是自己诚实的表现，也是对于本国真心的报谢，有如道士或狐所修炼得来的内丹，心想献出来，人家收受与否那是别一问题，总之在我是最贵重的贡献了。至于闲适的小品我未尝不写，却不是我主要的工作，如上文说过，只是为消遣或调剂之用，偶尔涉笔而已。外国的作品，如英吉利法阑西的随笔，日本的俳文，以及中国的题跋笔记，平素也稍涉猎，很是爱好，不但爱诵，也想学了做，可是自己知道性情才力都不及，写不出这种文字，只有偶然撰作一二篇，使得思路笔调变换一下，有如饭后喝一杯浓普洱茶之类而已。这种文章材料难找，调理不易。其实材料原是遍地皆是，牛溲马勃只要使用得好，无不是极妙文料，这里便有作者的才情问题，实做起来没有空说这样容易了。我的学问根柢是儒家的，后来又加上些佛教的影响，平常的理想是中庸，布施度忍辱度的意思也颇喜欢，但是自己所信毕竟是神灭论与民为贵论，这便与诗趣相远，与先哲疾虚妄的精神合在一起，对于古来道德学问的传说发生怀疑，这样虽然对于名物很有兴趣，也总是赏鉴里混有批判，几篇《草木虫鱼》有的便是这种毛病，有的心想避免而生了别的毛病，即是平板单调。那种平淡而有情味的小品文我是向来仰慕，至今爱读，也是极想仿做的，可是如上文所述实力不够，一直未能写出一篇满意的东西来。以此与正经文章相比，那些文章也是同样写不好，但是原来不以文章为重，多少总已说得出我的思想来了，在我自己可以聊自满足的了。乙派以为闲适的文章更好，希望我多作，未免错认门面，有如云南火腿店带卖普洱茶，他便要求他专开茶栈，虽然原出好意，无奈栈房里没有这许多货色，摆设不起来，此种实情与苦衷亦期望友人予以谅解者也。以店而论，我这店是两个鬼品开的，而其股份与生意的分配究竟绅士鬼还只居其小部分，所以结果如此，亦正是为事实所限，无可如何也。

我不承认是文士，因为既不能写纯文学的文章，又最厌恶士流，既所谓清流名流者是也。中国的士大夫的遗传性是言行不一致，所作的事是做八股、吸鸦片、玩小脚、争权夺利，却是满口的礼教气节，如大花脸说白，不再怕脸红，振古如斯，于今为烈。人生到此，吾辈真以摆脱士籍，降于堕贫为荣幸矣。我又深自欣幸的是凡所言必由衷，非是自己真实相信以为当然的事理不敢说，而且说了的话也有些努力实行，这个我自己觉得是值得自夸的。其实这样的做也只是人之常道，有如人不学狗叫或去咬干矢橛，算不得甚么奇事，然而在现今却不得不当作奇事说，这样算来我的自夸也就很是可怜的了。我平常自己知道思想知识极是平凡，精神也还健全，不至于发疯打人或自大称王，可是近来仔细省察，乃觉得谦逊与自信同时并进，难道真将成为自大狂了么？假如这样下去，我很忧虑会使得我堕落。

俗语云，无鸟村里蝙蝠称王。蝙蝠本何足道，可哀的是无鸟村耳，而蝙蝠乃幸或不幸而生于如是村，悲哉悲哉，蝙蝠如竟代燕雀而处于村之堂屋，则诚为蝙蝠与村的最大不幸矣。

（民国三十四年十一月十六日）

图书在版编目(CIP)数据

过去的工作/周作人著作;锺叔河编订. —长沙:岳麓书社,2020.10

ISBN 978-7-5538-1215-1

Ⅰ.①过… Ⅱ.①周…②锺… Ⅲ.①散文集—中国—现代

Ⅳ.①I266

中国版本图书馆 CIP 数据核字(2019)第 284638 号

GUOQU DE GONGZUO

过去的工作

周作人著作 锺叔河编订

特约编辑:鄢 琨

责任编辑:蒋 浩

责任校对:舒 舍

书籍设计:风格八号

岳麓书社出版发行

地址:湖南省长沙市爱民路 47 号

直销电话:0731-88804152 0731-88885616

邮编:410006

版次:2020 年 10 月第 1 版

印次:2020 年 10 月第 1 次印刷

开本:787mm×1092mm 1/32

印张:4.125

字数:67 千字

印数:1—6 000

ISBN 978-7-5538-1215-1

定价:16.00 元

承印:长沙鸿发印务实业有限公司

如有印装质量问题,请与本社印务部联系

电话:0731-88884129